梦山书系

管建刚 著

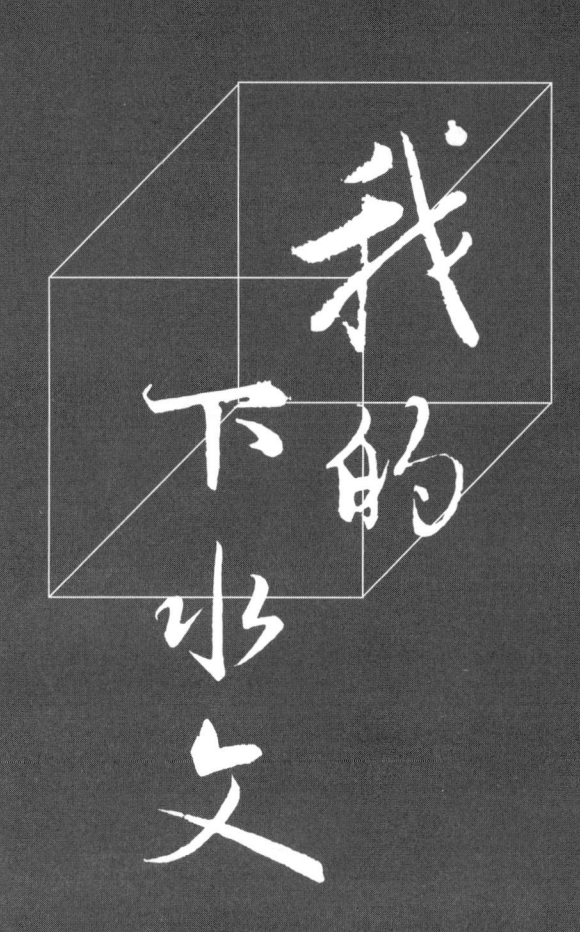

我的
下水
文

海峡出版发行集团
福建教育出版社

图书在版编目（CIP）数据

我的下水文/管建刚著．－福州：福建教育出版社，2018.6（2019.9重印）
ISBN 978-7-5334-8109-4

Ⅰ．①我⋯　Ⅱ．①管⋯　Ⅲ．①散文集—中国—当代　Ⅳ．①I267

中国版本图书馆 CIP 数据核字（2018）第 075370 号

Wo de Xia Shui Wen

我的下水文

管建刚　著

出版发行	福建教育出版社
	（福州市梦山路 27 号　邮编：350025　网址：www.fep.com.cn
	编辑部电话：0591－83779615
	发行部电话：0591－83721876　87115073　010－62027445）
出 版 人	江金辉
印　　刷	福建省金盾彩色印刷有限公司
	（福州市仓山区红江路 8 号浦上工业园 D 区 24 号楼　邮编：350008）
开　　本	710 毫米×1000 毫米　1/16
印　　张	13.75
字　　数	123 千字
版　　次	2018 年 6 月第 1 版　2019 年 9 月第 2 次印刷
书　　号	ISBN 978-7-5334-8109-4
定　　价	33.00 元

如发现本书印装质量问题，请向本社出版科（电话：0591－83726019）调换。

目　录

1　序　那些留有散文体香的"下水文"/阿庆
1　前言　我走过，我确认

1998—1999 年

3　三月
4　四月
5　五月
6　六月（两章）
8　七月（两章）
10　八月（两章）
12　九月（两章）
14　十月（两章）
16　冬之约（三章）
19　冬之歌（两章）
22　冬之舞
24　冬日观戏
26　初夏的雨

29　六月的愿望(外一则)

2000—2001 年

35　灯火阑珊
37　千年之夜
39　早春随笔
41　那年春天
43　临渊羡鱼
44　天籁
46　埂边拾句
49　秋风起
51　埂边拾句(续)
53　好人
55　乡村电影
57　失落
58　老街
59　冬日短句
61　女儿云

2002—2004 年

65　花院
68　北娄笱
70　三件往事
72　青岛印象
74　今夜月光如水
76　我们小时候

- 78 冬天里的春天
- 80 春来
- 82 三十小语
- 86 边走边想
- 88 我的小学老师
- 91 村庄物语
- 93 窗前语思
- 96 祝福
- 98 感谢

2005—2009年

- 103 我与春天擦肩而过
- 105 逃离冬天
- 107 玉兰花
- 109 年味
- 111 香香的幸福
- 114 我的村庄
- 117 我的夏天没有理想
- 120 我的生活哲学
- 123 人到中年
- 126 城市与我
- 129 "H"时代
- 132 贵人
- 136 自由的代价
- 140 夏天
- 143 黑子

2010—2017 年

149　慈姑

152　父亲

156　四毛娘舅

160　物流与人流

163　六小时香港

166　不一样的香港

169　美国故事

172　我眼中的马来西亚

175　一对傻人儿

177　三话香港

180　初心

183　一味

186　肇事者

190　垂盆草

193　来自天堂的贺礼

196　后记　阿庆于我

序

那些留有散文体香的"下水文"

建刚终于要出一本散文集了，真为他高兴。

其实，在多年前，我就催他出本散文集了。他的散文大部分发在家乡报上，而我又是家乡报的文学副刊主编，无论是质量还是数量，我心里都有数。

可这么多年来，他似乎并没有把心思全部放在散文上，而是热衷于他的"小学作文教学"。这也没办法，他是小学语文教师，他得先把一岗的工作做好。毕竟一岗的工作，关乎他的前途命运，是他的立身之本。有时问问他，最近在不在写呀。他说在写，只是写一些与自己业务相关的。想想也是，做教师的，没有论文评不了职称，论文是一道绕不过的坎。故而在随后的一段时间里，我也不便再催他写散文了。毕竟散文不能当饭吃，而论文是能让他吃上更好的饭的。

2002年，他突然给我打电话，告诉我说，他写的论文《打造一个永不消逝的童年》，获江苏省教育厅举办的2002年度论文征文一等奖第一名——这是当年度江苏省教育厅论文征文的最高奖项了。一个基层教师，能获此殊荣，实属不易。他说，他的这篇论文是大胆采用了散文的写作手法写的，他将中规中矩的程式化论文，赋予了散文的灵秀与隽永，使传统意义上的业务论文焕发了新的活力，在散文的阅读愉悦中植入了论文的观点，给人耳目一新的感觉，这恐怕就是这篇论文获此殊荣的一个直接原因吧。这不由让我想起了厦门大学教授沈世浩曾说过的一句话：用散文的笔调写报告文学、论文等等文体的文章，都会给这样的文体增色。

建刚确乎是聪明的，将业已掌握的散文写作技巧，嫁接到传统的业务论文写作里，这种"旧瓶换新装"的谋篇意识，无疑是一种创新了。我在为他的论文获大奖而高兴的同时，也暗自高兴他的散文之心没有死，他的散文元气依然涌动在他的骨髓里。要不然，他在写论文的时候是不会想到散文的。其实，他的这种散文化的论文，也是对散文本身的功能扩张与精神弘扬，作了有益的尝试，其本身就是对散文的一种尊敬与爱戴。

今年的三四月份，建刚到我办公室，说要出一本散文集。幸好这次是当着我的面说的，要不然我还不敢相信呢。差不多15年的时间里，他每年都要出一两本有关教育教学方面的书，周末时间还游走于全国各地讲座、上课，自己还带着班，他哪有时间哪有心思再弄散文呢？可这一回他是当真的，并让他的女儿先到我这儿，把以前在我这儿发表的散文，从资料库里一一拷下来，加上近期发表的一些散文，一并整理归类。今年的8月，他将散文集的电子稿发给我，说，兄长，这个序非你写莫属了。

我对他说，写序的人不外乎两种：一种是在学术上有很高造诣的人，能对你的作品有很高的见地；一种是有很高知名度的人，能借助于这样的知名度，扩大自己的影响力。而这两种人我都不是，我只是一家地方报纸的文学副刊主编，干的也只是为他人作嫁衣的事。受此重托着实令我不安了起来。但又想，建刚既然跑来找我为他写序，想来也总是有他的道理吧。或许在建刚的心里，我在他的散文创作之路上，曾起到过一定的"导盲"作用的。而正是这样的"导盲"作用，为他以后的教学论文增添了新的活力，也因此而提升了他的职业价值和社会影响力。故而，在他的心里或许有一种感恩，他需要把这样的"感恩"表达出来。而能为自己精心打磨的一部书稿写序的人，在他看来，应该就是一种至高无尚的荣誉了，他把这样的荣誉给了我，再恭敬也不如从命了。

建刚这本散文集的书名叫《我的下水文》。我一看，不太满意，总觉少了一些文学的意味，少了一些散文自身的体香，而且书名的阅读号召力也不强。"都是一些正儿八经的散文，怎么说成是下水文了呢？"建刚跟我解释说：一来我的散文还称不上散文，如果硬称为散文，我怕散文会生我的气；二来教育家叶圣陶先生曾说，语文教师教学生作文，要是自己经常动笔，或者写作跟学生相同的题，或者另外写些什么，就能更有效地帮助学生，加快学生的进步。经常动笔，用比喻的说法，就是"下水作文"。而我的散文，其实就是给学生起示范作用的"下水文"。语文教师会写、善写应该是分内之事，如同美术教师会画画、音乐教师会唱歌是一个道理。

面对这样的解释，面对这样一个自觉意义上的语文老师，我只能抱拳称是了。

记得19年前，我曾去建刚所在的乡镇小学采访，认识了建刚。农村的孩子不太喜欢写作文，你说10遍写作文的重要性，不如自己写一篇，给学生作个榜样。于是从1998年开始，他尝试着写一些短散文寄给我。记得他当时寄给我的第一篇散文《三月》，写得一般般，但为了鼓励他，也为了帮他在学生面前树立榜样，就把稿件编上去了。但排版时，这样的小块文章几次都没有排上去，只能找机会作补白处理。但不管怎么说，《三月》还是发表了，这也成了他散文见报的处女作。记得发表后，我还找他聊过，希望他接着写《五月》《六月》《七月》……有编辑与他约稿了，他自然高兴，便心血来潮地一篇篇写来，我一篇篇地帮他发表。说实在的，编辑认可一个作者，最有效也最实际的办法，就是给他发表，其他的说一千道一万都是隔靴搔痒。一段时间里，他的散文也确乎长进起来，相继发表了10来篇，篇幅也从"豆腐干"变成了"四方糕"，大大激发了他的散文创作热情。他的这一举动，无疑颠覆了他原先的想法，原来小学语文老师写的"下水文"，也能算散文，也能称得上文学作品呢。

编辑对他的认可，生成了他心中的一股写作力量。而他又适时将这股力量转移到他的作文教学中去，希望自己的学生也能通过发表来激发自己的写作热情。但要让小学生在具有国家刊号的报刊上发表，也太难了。那么，索性自己办一份班报，让学生在自己编辑的报纸上发表，同样也能起到激励的作用呀。拿定主意，他便在自己的班里创办了一份班级手抄报，刊发班里学生的优秀作品。以学生带动学生；以学生示范学生；以学生激励学生，这在基层小学，无疑是行之有效的。看看身边张同学李同学的文章见报了，便会给其他一些同学形成一种无形的压力，继而也想在班报上发表一篇，不争稿费也要争口气——这种争先恐后想"发表"的写作氛围，便是语文老师想要的效果了。而这样的"效果"背后，却凝聚着一个语文老师"学高为师，身正为范"的良苦用心了。

如果说，触发建刚写散文的初衷，是为了他的学生，为了能有自己的"下水文"去引导学生写作文的话，那么，随后渐次展开的散文创作，则是他的一种文学趣味的苏醒和散文意识的焕发了。虽然建刚一再强调，他的这本书仅仅是一个小学语文老师的"下水文"汇编。但这么多的"下水文"汇聚到一起，也便成了一道风景。这样的风景里，凸显着为这个时代所特有的人文、地貌、风尚、气息，以及一些我们难以揣测的心绪和情感。当然，这样的"下水文"所具有的散文特质是显而易见的，或者说，这些具有散文特质的"下水文"，在为我们揭示一种生活况味的同时，也映衬出建刚作为一个语文老师背景下的散文潜质与散文气息了。

2008年，在苏州市吴江区"为吴江喝彩——纪念改革开放30周年"纪实散文大赛中，建刚的散文《"H"时代》在200多篇应征稿件中脱颖而出，荣获大赛特等奖。组委会给《"H"时代》的获奖评语是："H"时代，其实是一个"换"的时代。一个"换"字，跨度30年，纵横几辈人，其间的老时光镀亮了，老物件更新了，老生活刷新了，老观念改变了。文章以第一人称的叙述方式，以真情实感的细节描写，还原了改革开放初期或者中期的生活状态，以小见大地再现了改革开放30年后的巨大变化。文章以饱满的热情，精巧的构思，自我的生活视角，将吴江的发展强音渐次铺展开来，展现了吴江人追求梦想、实现梦想的意志、品格和精神。文章有理有节，有根有据，有情有意，有思有想，将吴江30年来的客观变化，赋予文学的温暖表达方式，从而进一步激发吴江人热爱家乡、热爱祖国，开创美好未来的热情。

——这就是一个小学老师的管建刚，一个具有散文情趣的管建刚。

那天我通知他参加颁奖活动，他说他已应邀要去外地讲课。我说，这个颁奖活动，你一定要来的。他来了。或许是碍于我的情面，抑或觉得应该要来当面分享一次散文所给予他的愉悦。

我想，建刚之所以要将这本《我的下水文》，按发表的顺序编排，可能也是想方便读者能有一个清晰的时间脉络，去审视他19年来的散文创作历程。当然，这样的编排，也是需要勇气的。毕竟现在的管建刚不是19年前的管建刚了，江苏省特级教师，2008年度全国"十大推动读书人物"，全国优秀教师，国家"万人计划"教育部首届教学名师，苏州教育名家……而将自己早期较为稚嫩的散文，一并给大家亮相，除了尊重客观事实，更有主观上的诚意回眸。读者是作者的一面镜子，能让大家看到管建刚的真实一面，看到管建刚就是这么一步一个脚印走过来的真实状况。这种"捉襟见肘式"的自暴家底，或许反而能使大家从管建刚的成长历程中，体悟出一种只有奋发才能有为的要义。

当然，作为这本散文集的序，自然还要说说建刚的散文。虽然他是按发表的时序编排的，但从题材上大体可分为：时令性散文、亲情类散文、生活感悟类散文、旅程随思类散文等。而给我印象最深的，还是那些蕴含着生活小哲理光芒的思辨性散文。如《城市与我》："裤脚上的泥巴还未脱落，便迫不及待地住进了城市。""我住进城市，住进一个曾经的向往，一个精神向往的拥有。""我住进城市，城市给我彷徨；我怀念村庄。村庄给我逍遥。""我低头寻找来路与去路的痕迹。我找不到痕迹，城市僵硬得不给任何一个柔弱的个体以印证自我的权力，城市的话语权在它，不在我。失去柔和的泥土，城市愈来愈坚硬……"建刚将进城后的感悟浸染在散文的语境之中，让散文的气味自然地渗透到他的生活中，去审视生活环境的改变而衍生出的社会心理，参悟社会大背景下的个体生存走向。

当然，这样的小哲理，还体现在《垂盆草》里："花花草草是种给自己看的，也是种给大家看的。有了众人的眼神儿，花草才算活出了一个春秋的神气来。雨水是个好东西，下雨天，赶紧地，搬出去。自来水和雨水长一个样，雨水就是雨水，自来水就是自来水，花们草们全认得。我们空有两只眼睛，反而不如花草们明白。"稀松寻常的一盆花草，在建刚的笔下赋予了灵性，也赋予了花草明事理、懂感恩的一些个优良品质。这种隐喻背后的价值指向，无疑是一种用心良苦的善意提醒。美是散文的一种要求，同时也是人类所要配备的一种品德。这一点，建刚没有高谈阔论，而是轻声细语地融汇在一株植物的思想里。

润物，有时是需要一点耐心的。

其实，散文的思辨性是与生俱来的。建刚自觉地借助了散文的这一特性。散文是不可以虚构的，但可以虚写。而这个虚写，也要抓住生活的本原，从自我的所思所想所感出发，进而引领叙述联想升华，铺陈出一篇篇带有生活小哲理的散文。比如《一味》："春天，你只有一双鞋，起床就穿；有两双鞋，轮流着穿，这双穿几天，那双穿几天。有太阳的时候，空的那双拿出去晒一晒。鞋柜里有12双春鞋，麻烦来了，今天穿哪双呢？红色的好呢，还是黑色的好呢？白色的搭呢，还是蓝色的搭呢？选青春一些的好呢，还是成熟一些的好呢？条件越来越好了，想拥有的东西和已经拥有的东西越来越多了，仔细想想，拥有的麻烦一直伴着拥有本身，跟你不离不弃……"这些文字，看上去像个大白话，说的也是寻常生活的某个片断。但平淡的表象后面却隐藏着思辨的机锋。这种在人生思辨氛围之中展开的叙述，所呈现的是生活，所沉淀的却是思想，充满了象征性与暗示性。而文学的高明之处就在于它的暗示性。在《一味》这篇散文中，建刚借助种种不经意的小细节，对现实生活中的"穿鞋"现象进行解剖，却发现了一些心理层面的"消费暗示"。当然，这样的"消费暗示"说的是穿鞋，但读者的联想可能已不仅仅在"穿鞋"上了。

而思辨与抒情同时出现在一篇散文里，又会有怎样的结果呢？我们不妨再来看看《逃离冬天》这篇写实散文："小雪大雪，小寒大寒，节气一个个走，日子一天天跑，这个时候，我告诉路边光秃秃撑着的树和蜷缩着的庄稼以及田地里的所有物种，冬要走了。它们没说什么，情绪同它们的根一样暗躲深藏。这个可爱的下午同阳光一样灿烂，春的号角由远及近漫过来。我站在一棵深藏绿意的树下,有一种解脱与自由的舒展,这个时候,冬已滑走。"一小块文字,便能勾勒出一个大场景;三两句话,便能营造出一个深不可测的意境。将"我"的身段放低,低到可以与一株植物平起平坐,低到可以与植物促膝谈心,这样的"我"也便成了植物中的一员了。这种具有象征意义的抒情方式和虚实相生的夹叙夹议,巧妙地"借代"了植物的思想而又回归了植物的思想——这便是散文"形散神不散"的初衷了。

当然,建刚的这本《我的下水文》里,还有很多可拿出来咀嚼一番的作品。但每个人的审美趣味、价值取向不同,咀嚼出来的意味自然也就不尽相同了,在这儿,我就不一一赘述了。

在当下互联网、大数据时代,我们的生活中出现了大量前所未有的新鲜事物,这些事物的出现不仅改造了公众的价值观念和行为方式,也极大地摇撼了沿袭已久的散文表述方式。但不管怎么说,书写心灵和思考生活终将成为未来散文写作的一个重大视域。因为思想永远是文学的生命力,思想性越高,艺术性才会越强,作品才越有生命力。而建刚在这方面的有益探索,恐怕已不仅仅是我在这儿所能褒奖的了。

是为序。

阿　庆
2017 年秋

(作者系中国散文学会会员、江苏省作家协会会员、苏州市吴江区作家协会副主席、苏州市《吴江日报》文学副刊主编)。

前言

我走过，我确认

一

出了新书，我总去报社看兄长。兄长说，你写散文出身，你要出一本散文集子。

我晓得自己的斤两，又不好意思当面回绝，笑了笑，混过去。

前年拿了新书去看兄长，兄长又说，你要出一本散文集子。我说，只是些豆腐干，拿不出手的。

兄长说，你晒出自己的家底，呈现一个真实的管建刚，对青年人不也有点意义么？

兄长的话触动了我。

不少老师听我《三月》《四月》《五月》的经历，以为那是讲故事。一篇一篇、原汁原味地拿出来，哟，当年的管建刚真的只有那么点水平，那我也行。

去年，我拿了新书去看兄长，说，我想出个散文集子，你写序。

没问题。兄长乐呵呵地应。

二

那些豆腐干早不齐了。女儿去兄长那里一篇一篇拷出来，有一百多。挑了些，按年份作简单的编排。

1998—1999年，我刚拿起笔来，逼自己写。来了三五十块稿费，带三岁的女儿去超市，那是我们时常唠叨的幸福时光。

2000—2001年，较勤快，倒不是写得多，而是总有着要写点什么的念头。几天没写出豆腐干，心里痒得慌、慌得痒。

2002—2004年，写写小散文，也写写小论文。小论文写不出来，就写点小散文；小散文写不出来，就写点小论文。

2005—2009年，小散文少了。2005年出了《魔法作文营》，2006年出了《不做教书匠》，2007年出了《我的作文教学革命》，我转向了教育写作。

2010年，一年没写；2011年，姑妈突然离世，我拿起了笔，写下了《慈姑》。

1998—1999年，那些稚气的文字，像开春田埂上的芽，很小，很嫩。日历说入春了，天气却还料峭。春寒一来，替芽儿们担忧。一两个月后，千枝万叶，满树繁华，每一个芽都可以长成一个春天的。

三

下水文，有狭义的，也有广义的。我的下水文算后者。

1998—1999年，拿起笔，常常半天写不出几句话，只好去读书，看作者写了什么，也看作者怎么写出来的。

2000—2001年，写《千年之夜》的晚上，不能自已，抽噎着，汹涌的情感扑过来，泪水滴落在键盘上，笔来不及写，键盘来不及敲。

2002—2004年，《三十小语》《边走边想》《村庄物语》《窗前语思》，想一段写一段，写一段想一段，想想写写，写写想想，写东西可以一气呵成，也可以零零碎碎。

2005－2009年，写好的小散文，改了三四次也不敢拿出去。写好的东西擦了，擦了的东西又补上；补上的东西又擦了，过了会儿又补上。看起来白忙活了，其实不是。一小时前我在这里，一小时后我也在这里，中间我去太湖边逛了。结果没变，过程变了。

2010－2017年，写《慈姑》的酸楚，写《父亲》的泪流满面，写《四毛娘舅》的五味杂陈，我才明白巴金说的，我写作不是我有才华，而是因为我有感情。

每个人都有感情，但你不一定能把感情倾注到琴声里，不一定能把情感倾注到画布上，不一定能把情感倾注到文字中。

四

一个怕唱歌的音乐老师是教不好音乐的，一个怕画画的美术老师是教不好美术的，一个怕写作的语文老师是教不好语文的。语文老师写"豆腐干"跟美术老师涂一张画，音乐老师弹一曲琴，大抵一回事。经常写了，有手感了，讲课就有底气，不是拿着课本讲，不是拿着教参讲，不是传声筒，有自己的声音了。可惜的是，太多的语文老师当了语文老师后，已经失去了写的念头。

"豆腐干"发出来，读给学生听，贴教室里，同学们拥上去看。每天写点什么，每月发点什么。"热爱"这东西，不是教出来的，而是影响出来的。

写的好处远不止于此。

《我的作文教学革命》出版后，有人说，小学生作文是习作，"发表"怕不妥吧。我表面上虚心接受，内心里屡教不改。我没有多少理论，我只有一个信念，我自己就是这么"发表"过来的。

2013年3月，《小学语文教师》推出了《管建刚和他的阅读教学革命》，引起了轩然大波，5月推出了《"管建刚和他的阅读教学革命"的大讨论》，6月推出《"管建刚和他的阅读教学革命"的再讨论》。鼓掌的人不少，拍砖的更多。我咬咬牙告诉自己，一定要在这条"不属于你"的路上闯出自己的脚印来。我没有多少内在，我只有一个朴素的想法，我自己就是这么写过来的，我自己就是这么读过来的。

亲爱的语文老师，有一天你走在自己的路上，你的路偏离了专家们的理论，专家们要你回到理论的路径上来，你犹豫的脚会伸向哪里？现在，我想这么告诉你——

"你自己怎么学语文、怎么写作文的，你就怎么走。"

走过的，才是最真的。

五

小时候，老师说要写作文了，我慌得连天花板都忘了看。

1998－1999年，写了两年，有人说，管建刚能写。很多人说写作难，很多人说写作要有童子功。我从小怕作文，18岁前家里没有一本课外书，唯一的阅读作品是《射雕英雄传》和《神雕侠侣》，连《倚天屠龙记》也没看过。我应该当数学老师，却阴差阳错成了语文老师。

1998年3月，25岁的我在县报发了豆腐干《三月》，7年后的2005年，我出了第一本书。到现在我出了20本书，读者朋友还蛮喜欢，每一本都是一印再印。看着书橱里写着"管建刚著"的一本本书，我自己也有点迷糊，这怎么可能？

我揉了揉眼睛，看了看身边的妻，我知道，这事儿假不了。

1998—1999 年

三　月

1998-03-25

暴青了，暴青了。我在心底轻轻地喊，如水的春意柔柔地涌来，荡漾着。

三月。村里有着别样的静谧，可以听到鸟雀似跳跃的音符般鸣声。河的两岸大都是柳，远看，一片微黄；近瞧，微黄点点，散发着乡村诗的气息。游戏浅滩的鹅鸭、挤出地面的草苗、思乡心切的归燕都在诉说，没有比村里来得更早的春天。

三月，一切都是新生的，嫩嫩的、小小的，招人喜、惹人爱。野莓啦，青荇啦，马兰头、狗尾巴啦……叫不上名的各式的精灵，一个个探着小脑壳儿，眨巴着小眼睛，闻着春光的香气，走到哪里，都让人沉浸在无边的轻盈与舒适中。

孩子耐不住了，脱下厚重的外衣，舒展舒展小胳膊小腿，显得轻巧灵便。和着轻风，拽着风筝，欢快地跑着、喊着、笑着。斜阳如画。小姨来了，大伯来了，放学的大孩子也来了……沉寂的村庄沸腾了！

这三月的美！

四 月

1998-04-27

  四月的村庄被红花绿柳淹没了。四月的田野绿油油金灿灿，把我的村庄装扮得小夜曲般宁静幽美。

  蚕豆花开了，伸展着蝶翅样的花瓣儿，在四月的阳光里休憩着。随便走走，花与草铺就的田埂在眼底舒展，很是亲切，我就骄傲地想：我是个地道的农民的儿子，我是大地的儿子呢！四月的雨不冷也不凉，不阴也不潮。走在雨里，满眼的景致。村庄洗了个澡，仿佛长满了晶莹的眼睛向我们调皮地挤弄着。枝叶绿得发亮，不知名的花开得起劲……昨日一夜春雨，打下一片桃花，让你怜爱得不忍踩下。

  四月，瘦西湖被踩得更"瘦"了，太湖乐园"乐"得沸腾了……而我正徜徉在无边的田地里，呼吸着甜润的气息，在脉脉小径上感受——

  家园，是最好的景点。

五　月

1998-05-13

　　油菜把金装送给麦田的时候，就是五月了。一片片田头，小麦、油菜、大豆都长满了喜悦，羞羞答答地挂于枝头，仿佛一个个临盆的少妇，正紧张地等待着幸福的降临。

　　麦苗把绿衣披在桑田时，就是五月了。一张张绿得厚实、绿得鲜亮的桑叶，正静候着采摘的人儿。一阵风动，好似翘首而望的恋人：哪个是我心仪的她？

　　五月，刚入夏。蝉儿起鸣了，村子更静了。忙碌的身影在田头流动，原本静静的田野注入了欢笑声、吆喝声。银镰挥舞，汗湿衣衫。一片片小麦躺在大地温热的怀里，安详地表现一种收成的美好。

　　五月，我的家淹没在高高低低深深浅浅的桑海中了。屋前屋后，大都是桑；屋左屋右，大都是桑。五月忙采桑。蚕是个娇贵的小宝贝，凉不得，饿不得。"三眠扛，四眠挑。"一到那会，人手就不够，于是早起摘叶看朝霞、晚归采叶数星星成了常事。要不怎么说，江南的丝是由蚕、桑、人相织成的呢！人瘦了，桑少了，蚕胖了，这才有了丝啊！而"丝丝"风韵，融进了勤劳朴实如我母亲的蚕妇们多少个不眠之夜啊！

　　五月，太阳也起得早归得晚。一切，都向夏之深处走去……

六月（两章）

1998-06-26

院　子

六月的葡萄架子郁郁葱葱，密得漏不下光来。整串整串的葡萄是青的，藏在碧绿密集的叶子间并不显眼，可无论近观远瞧，谁都看得出这沉甸甸的收获。3岁的女儿忍不住了，瞅一个空档儿，摘下几颗就往嘴里送，呀！孩子，干吗皱眉吐舌呢？

农宅院子大，东头葡萄西面桃。六月桃，正当朝。也不知怎的，院里的桃总结得累累硕硕的。三四棵桃树，熟透的、刚熟未熟的，大的小的红的青的，各式的桃纷纷攘攘聚于枝头，枝儿压得受不住了，一个劲儿往下弯，这可便宜了那群不满三尺的"小馋猫"们了——不用上树，就能享受这新鲜的美味。

紧靠南墙边，两棵矮矮的梨树吊着数十个幸免于女儿之手的梨子，三只未归的晚蝶兀自从容飞舞，也不知想干什么；一棵柿树，玉牙色的花已退去，正暗藏着小小的果宝宝呢！

呵！六月的农宅，金果飘香，满园生机。

月　夜

　　夏夜，幽幽的、凉凉的。

　　月夜的乡间林荫道，月光穿过树的荫翳，一缕缕很柔很顺地亲昵着小道。这样的意境，配着细碎无声的步子，思绪便软软幽幽地铺开去，纷纷沓沓的、沽名钓誉的念头都给夜的纯静消磨得不留踪影了。

　　静是乡村的特色，何况夜呢？可夏夜就是不一样。剪着手，踱着步，蛙声骤起，此起彼伏，一阵高于一阵，不绝于耳。说来也怪，这清亮之声并无半点浮躁之感。此蛙此声，把垄头畦边的清新纯朴营造得格外动人；这蛙这声，把夏夜点缀得诗意盎然。

　　月挑高枝。沿道的窗灯渐次熄了。信步踱回自家宅院，小楼的灯依旧散着温馨的亮光，我知道，那是一盏为我守候的灯。

七月（两章）

1998-07-20

雨　后

　　七月的雨，一如七月的脾性，来得急、去得快。

　　一阵雨后，天空蓝得亮亮的，心也一下子亮堂起来。凭栏而望，河两岸，绿意浓浓。沿河而长的柳呀榆啊槐啦，都吸饱了，喝够了，挺起身子向河面舒展着枝头——两岸的枝枝叶叶互为攀绕，成了一个天然绿帐篷。

　　雨后的七月胜三月。村庄刚从天赐的淋浴中走出来，浑身上下凉凉爽爽的。绕村道踱一圈吧！禾有多精神，苗有多挺秀，菜园里的黄瓜、扁豆、西红柿……像是从刚绘就的水彩画上走下来，湿漉漉的，带着清香。渠道里的水顺势而下，有些叮叮的响声，细细瞧一瞧，逆流而上的鱼儿游得欢！

　　七月的雨后不一定有虹才美。你看呀，西边，一抹夕阳把最后的光芒涂在天堂，辉煌、迷人。我竟无法触及、捕捉，倒是几个头顶荷伞嘻嘻而过的孩童，未及逸出我的笔触，成了雨后最亮丽动人的风景。

蒲　扇

对,也就是这光景。星星爬上来了,蛙们奏起了天籁之音。七八个大人,五六个小孩,带了凳子,别上把蒲扇,踏着树影摇曳的小路,三三两两聚向村口。

这当儿,我们不过十来岁。流行于伙伴间的是一种叫得很好听的"小锦蒲扇"。蒲扇的外围必用小花布缝了俏俏的边,小巧玲珑的。我们学着大人,老成地慢慢悠悠一扇,很规矩地听着大人们的闲文野史。乡间的夜,闷热的日子少,徐徐清风把夜凉得冰清玉洁。

忽而,萤火虫闪闪而至。谁家的孩子逃得过这诱惑?都失了刚才的孺子风范,疯疯地谁也遮拦不住,追赶着,捕捉着。不多会儿,一个个汗津津了,便去缠老爷爷讲故事猜谜语。伙伴们知道,老爷爷卖关子,无非是要我们循规蹈矩地站于一旁,用我们的"小锦蒲扇"替他扇几下。于是,从爷爷的皱纹间会跌出个故事,花白胡须里跑出段顺口溜,笑眯眯的眼神中蹦出些谜语。我们忽闪着星星一样亮的眼睛,沉静在乡音浓郁的天地。明天,这一切会在校园里传扬……

八月（两章）

1998-08-14

荷

家往北不远，是小有名气的荷乡。

八月，左右无事，去那儿走走。放眼望去，嚯，好大一片荷！偌大的水塘盛满芙蕖，婉娈幽静，婆娑绰约。哦，八月的荷已出落得袅袅婷婷，在清风丽日之间，独显婀娜轻盈；围着翠翠的裙，有点绯红的脸，不加粉饰的幽幽的香，衬着池里清清的水，映着天上蓝蓝的云，这是怎样精美的景致！

池塘边，几枝俏俏的碧玉叶儿伸上岸来，纤脉可见，娇嫩异常。花儿却矜矜作态，伫于池中，看不真切。要一叶轻舟，穿梭于荷群之中，满目旖旎是芙蓉，随手可摘是芙蓉。荷花俏立，半羞半就，纹理可寻，香气儿如丝如缕……正独自沉迷，起风了，荷一阵骚动，竟从里面冒出几个头顶荷伞的小脑袋，不细看，还真以为风吹荷舞呢。小调皮们以荷作盾，蹬着腿，泼着水，水花四溅，晶莹而下，散落成一颗颗水晶珠，攀附于荷叶之上轻轻滑动……

八月，就爱沉静在这无边风月里，席地而坐，举目而观，荡一舟涟漪，一湖冰清。

入　秋

截了一茬的桑又绿得密密匝匝、枝繁叶茂。置于其间的泥径，桑特有的阴柔扑面而来，凉飕飕的。

八月新绿难觅。比之夏比之春，村庄绿得从容。田头地里、道旁屋后以及这高低错落的桑，绿意阑珊之下，浅绿深绿黄绿墨绿，都没了春之嫩夏之娇——八月，入秋了啊。再四下细细打量，无边的绿的视域里，稍留意即可发现：一簇簇浓浓淡淡的绿中或多或少夹杂着或黄或枯的残叶。菜园里瓜棚豆架的枝枝蔓蔓竟已萎黄。让你确信，入秋不只是日历的飘落。

一入秋，晨与晚明显地凉了。暮色四合，这凉意也就拢过来；晨曦已露，这凉意却不散去。可八月毕竟只是八月。刚从夏的怀里挣出来，还带着些噗噗的热气。白日里，蝉还会躲在枝头嘶鸣；成群的蜻蜓偶尔还来低空飞舞；从各家屋檐下飞出的稚燕似行云流水，毫无南去的意向……

八月，在夏与秋的边界，守望着它别样的日子。

九月（两章）

1998-09-30

稻 花 香

出门一拐弯，穿过树荫花影的村道，钻出桑树林子，站在河边老龙腰柳下，手搭凉棚，扑出身子一望：绿野苍苍，禾叶沙沙——秋天，又来小村作客了。

九月的夕阳隐没在房群树影里，垄上凉风习习，送来薄雾水气氤氲。春去秋来早，已是白露秋风、抽穗开花的当儿。方圆数百亩，绿茸茸的稻叶裹不住日益丰腴的谷穗，露出了惺眼蒙眬的谷宝宝，头上插一朵惹人爱的小白花，隐匿在稻叶丛中。秋风徐徐，香从中来。一会儿淡，幽幽的，若有若无；一会儿浓，郁郁的，沁人心脾。风来风去，浓一阵淡一阵，让人鼻子随着它转，脚跟随着它移。心思所至，细品之下，稻香花香草香都融入了这秋风秋气里了，哪能分得更细、辨得更明？临近薄暮，禾尖之颠都挂上了晶莹的小水滴，使得阵阵稻香清凉透爽……

枕月而眠

薄暮黄昏近相连,一转眼,明月秋空挂,玉帛般的光柔柔切切,泻得满地都是。农家住房宽绰,谁家没个露天的平台走廊?楼栏处,铺一床席子,迎一席月光。晚风从东边的河面上吹来,带来阵阵清凉的稻花香气,心安神定,心境幽远。

夜空清澄,又不显高远。月就挂在老槐树的枝顶,眨一下眼,月近了些;再眨一下,又近了些。月下村影迷蒙,宅院楼台都掩映在看不真切的竹林树影之中。目之所及,唯见婆娑树影,起舞芦苇,轻摆竹节。村河于月光照耀下清澈可见,泛着幽光,迤逦而去。一路去,又映下一路左冲右突左右逢源的槐榆桷柳;背光不一,使得河面时而宽、时而窄,蜿蜒曲折。

水中月、天上星,天上月、水中星,朦胧中分不清哪是天上的,哪是水中的,我竟全没了睡意……

十月（两章）

1998-10-23

秋　收
——献给我辛劳的父母

白花花的茧刚出笼，随身一阵风，飘出些未洗尽的桑叶清香。还没来得及舒活舒活筋骨，踏踏实实打个盹，不知哪家性急，先磨镰动耙丁。一镰引得一村忙，都横镐挂橹，关门入地。

秋雾绵绵，怎等得晨雾退？一辈辈与土地相伴的农夫们，对田地庄稼的情感早已沉浸到了血液里。雾未散、人已动，跌这绊那，摸到自家田头，眉毛头发、衣服裤子都披上了蒙蒙的雨雾。隔田不见人，也不晓得河东的张家、村北的李家来了没。手忙嘴闲，搭三话四地打着招呼，银镰却挥个不停，稻儿翻转，身后跑出一溜黄毯子，真个一镰割三畦、双手敌四垄。秋意凉秋晨，秋露沾秋衣，这会儿也分不清是露是汗，一门心思，思不他顾，红日姗姗而至时，黄澄澄的稻遍地横卧，朝露附身。

时光不早。一家几口，先有一人回家煮粥。稻柴火刚柔相济，不用多久，稠稠的米粥摆到了垄上。一家人席地而坐，捧着热腾腾的粥，就着自制的腌菜黄瓜。轻闲了手脚、忙着了嘴。都是老柳下的熟人，这家扯些家长里短，那家道些村头芝麻事。不觉两碗粥下肚，一支烟上火。也就这工夫，精神头又足了，忙碌的秋收秋种刚拉开了帷幕……

芦苇·芦笛
—— 献给我们十月的童年

要不，我背给你听听管桦爷爷笔下的芦花村：芦花开的时候，远远望去，黄绿的芦苇上好像盖了一层厚厚的白雪。风一吹，鹅毛般的苇絮飘飘悠悠地飞起来，把这几十家小房屋都罩在柔软的芦花里。嘿！芦花是如此赋予村庄诗情画意呢。

十月，芦花盛开时节，我们活跃在村子周围的芦苇丛中，并且意外发现，村里芦苇不少：石芦、竹芦、水芦、旱芦。清凌凌的河滩旁、孤零零的低洼边，翠生生的芦苇、灰绒绒的芦花，似乎是在十月里呼啦一下冒出来的。我们等不到芦花似雪，便拉住披针形的绿叶子往下拽，折一支捏在手，比谁的光洁谁的小巧谁的精致谁的芦有模有样。有时，我们把芦苇藏在课桌下，乘老师转身写字之机，用马尾似的芦苇搔前排女生的脖领子。很快，我们便为自己的行为付出了沉重的代价：一纸检讨、一周罚扫。

我们用芦苇做成一支漂亮的芦笛：光滑翠绿的苇，末端一丛雪白的芦花，笛口一斜而下，削磨得光亮圆滑，居中用极锋利的小刀划一道直直细细的出气线。一支引以为豪的芦笛就这么成了。上学放学、朝霞夕阳，把我们一路呜呜喔喔的笛声涂成了金色。以至我的眼前时常浮现这样一幅金色的画面：夕阳散金，溪边芦苇，一个小男孩吹着纤巧的芦笛……又是十月，我想亲手做支精巧的芦笛，插在我盛满憧憬的笔筒里……

冬之约（三章）

1998-12-14

暖　阳

　　天空湛蓝，毛茸茸的白云一动不动，几只鸟雀无声飞过。村庄袅袅之烟和着新米饭香飘过枝头树梢。一过立冬，天气出奇地好。

　　正是歇锄挂镰时节，奶奶在背风的墙边晒太阳，半躺于老式的藤椅里，干瘪的脸上一片安详。脚边两只生下不久的小羊，幼稚可爱，懒懒的闭目养神。

　　是个好日头。栏杆和竹竿上晒满棉被冬衣。暖暖的太阳有点春风的味儿。母亲收拾好家什，绷紧一春一秋的眼皮忍不住搭拉下来。靠着南墙，手一松，捧着的毛线团滚出老远。

　　二楼西边，砖砌的栏杆上，放着一盆万年青、一盆仙人掌，两盆之间一架半导体，评书《乾隆下江南》正讲到紧要处，父亲手里的烟夹着老半天没动，一截烟灰摇摇欲坠，终于飘落下来。

　　呵，忙碌了一载了呀，小花猫别吵，别闹，别淘气地扯线团，让他们安谧地晒一个暖阳。

迎　霜

园里半夜迎霜，你看哟，青菜白菜卷心菜，葱也好，蒜亦罢，精神依旧，傲霜挺立。

红日初升，阳光从光秃秃的树杈间大片地投来，寒气微退，女儿戴着小花帽迎着霜问：是雪吗？跨出小院，我伏下身，指着白白的一簇簇说：霜，寒霜！

霜落满园。一经霜打，青菜便甜糯糯的。这时节，妻总不忘下一锅喷香喷香的菜饭。新米和着"霜菜"，入口满是生津。隔不了几天，馋劲又犯，园里摘半篮，先自油中炒个半熟，再与新米同煮。不消多久，呵，一锅诱人的饭香菜香直绕着你鼻子转。无须佐菜，胃口亦开，两碗菜饭爽爽朗朗落肚。

霜降天寒夜来早，三两个黄昏，妻手中的毛线编织着温暖，披在我心坎。

初　冬

秋是收获，也是凋零。稻上场，粮入囤。黄叶飞，西风紧。一晃过"霜降"、走"小雪"。

今早，一开门，一股寒意袭来。呵，墙角边、柴垛旁、屋上瓦、园中菜，都星星点点撒上了白霜，院里那垄鸡冠花全蔫了脑袋，没了精神，盆中朵朵月季也不敢冒出它娇媚的花骨儿，北墙边的红黄芭蕉一反清高之态，病蔫蔫地俯下了身。啧啧，却道天寒好个冬！

呀，入冬了。仿佛就在眼前——

于屋前的老槐荫下纳凉闲读；在它的庇护下与女儿拍着手掌唱儿歌：

你拍一/我拍一/我们一起做游戏/你拍二/我拍二/荡着秋千唱歌儿……我们躺在满村满村的绿里无限惬意，宛然所吸之气也都成了绿色，透心透肺。夏之村，走到哪里，女儿总能采撷一丛不知名的花，端详一会，小鸟依人着说：爸爸，给你……

　　似乎从没如此经意地发现，四周已进入另一个天地。我所熟悉的槐榆桷柳，尽褪青衫，枝桠分叉，孤零而又倔强地袒露于半空。于是心底又涌起一个急切的念头：江南雪啊江南雪，别总萦绕我诗里，飘然而至我梦里，某个子夜请落满小院，好打扮我钟爱的村庄，好携着女儿伴雪而行。

冬之歌（两章）

1999-01-07

洋 溢 湖

（一）

洋溢湖名为湖，早些年围湖造田，现已名存实亡。低田成群，复又筑埂围田，辟出许多个塘来。塘内渔产颇丰，引得成群的白鸟迁居至此。

白鸟，许是鸥的一种。缘于白羽披身，皆以此名唤之。入冬，洋溢湖白鸟翻飞、飘然展翅，一卷怡人的田园书画。

湖风清寒，吹开高地边齐眉的旱芦，芦花点点。目光穿过芦影花絮，低空中悠然飘飞的不正是白鸟么？

这边，白鸟排行憩于水面，悠然自得。迎着湖风吆喝一声，顿时，白鸟们一惊而起，腾于半空作四散状……无须多久，又聚于此，养足精力，数十乃至上百只白鸟拍翅冲天，高低错落，呈扇形飘于冬日之碧空下，好一帧白鸟游弋图！顷刻，似心有灵犀，似有谁无声地指挥，鸟们南北相向成两列，白翼轻摆，翩翩而行。

静如处子，动似矫兔。瞧，这只大白鸟俯冲而下，迅疾敏锐，一扫处子之风。嘴里不知叼含了什么，又轻烟般袅袅飞离。

湖内长嘴鸟（因其嘴尖且长）亦多，体态纤丽，神情清癯；似鹤，只体形更小巧玲珑些罢了。漫步湖埂，脚边时不时地飞出黄雀之类。冬日观鸟，洋溢湖是个好去处。

（二）

年终岁尾，洋溢湖开网捕鱼。乘着这几日大好晴天，鱼塘主人邀上男子七八个，喝口茶、抽支烟，背上一应渔具，出发了！

一夜工夫，塘水已抽去大半。不安分的鱼儿若隐若现，缓缓犁出一痕柔柔的水纹。不歇了，大家都这么说。巨网拉开，南北各有人牵住纲绳，自东向西兜去。岸上吆喝声声，水底纲绳激波，鱼儿们哪还有闲情逸致，都尽力向上探，想探听些虚实。走在前的壮男只管牵着纲绳往前裹，后边的管住纲绳，稍急出水。鱼儿撞在网上，顿时乱作一团，平静的水面被搅碎了。鱼儿们左冲右突，忽而凌空跃起，坠入水里，水花溅起，水纹层层叠叠向外推。

一路牵至西岸。好家伙，鲤鱼、鳊鱼、鲫鱼、草鱼……两三斤、七八斤，众多的鱼狠劲地摇头摆尾，弄得腥味浓浓。早有人穿着橡胶衣裤，手持鱼兜下水，一兜几尾，向岸上捞。鱼贩已守候多时，此刻正与主人议斤论两；一旁空下的帮工，燃着了烟，惊嘘鱼之肥鱼之壮鱼之多。沉静一载的鱼塘，映着暖暖的冬阳，流金溢彩般地笑。

二十来亩鱼塘，须得三五日工夫。几网下来，天色已然不早，主人鸣金收兵。女主人早挑了几尾鲜鱼回家，蒸炒不停。一帮男儿们说笑而归，远远地，一股诱人的香味扑过来……

捕　虾

即便是寒冬，水花生仍绿得欢。村上河域宽阔处、一家一户河沿边，都种养着，偌大一片，开春和着河泥发酵作肥。

那会儿的冬可没现如今暖和。村上别处的风景显得悲怆，唯独河两边绿得从容，空留出一条透迤曲折的水道。父亲告诉我，虾也怕冷，都藏匿在草下呢。我缠着要跟父亲一起去捕虾。

父亲到底应允了。捕虾须静，得到夜里，周围全无声息，才不惊走虾，父亲说，船上不得闹。

盼得夜了，就催着父亲下船。父亲不急不慢，一手拎上竹篾编就的大簸箕，一手持电筒，腋下夹了个耙，收拾停当，喊我一声：去哉。跳上小木船，竹篙轻点，小船缓缓离岸。冬之月，怎么看都觉得很清瘦，孤零零挂得老高；星星在西南天，若隐若现，我持着电筒对着它照……

照这儿！父亲压着嗓子吩咐，就把簸箕置于水花生底下，一手擒住簸箕，一手持耙猛击水草。过了一会儿，父亲小心将簸箕取出，我移过电筒光，嘿！还不少，幼虾居多，也有大虾，父亲捡起虾丢入篓子，低低地问了声：冷吗？见我摇头，就把船撑向对岸的水草……

翌日，母亲把虾翻炒了一下，放置匾内，支起根竹竿，晒得老高，说是怕猫儿闻着腥味偷吃个光。我嘟噜着嘴：怕我这只馋猫吧！

冬之舞

1999-01-27

入冬是一声口哨，牵扯出一条条晃悠的皮筋儿。

玩皮筋，场地无须多宽，墙边屋后，避去北风，场中道旁，有一方暖阳便是好地方。"剪刀、石头、布"，几个来回，分作两帮，伴随小女孩一冬的皮筋出场了。

小小皮筋，花样翻新，层出不穷：四弄堂、小熊猫、马兰花、青菜萝卜营养好……最中看、最有江南味的要数"轻又轻"。皮筋扳成三脚架，四五个小女孩，一齐小燕子般于皮筋上轻灵地剪动、追逐、嬉戏。足尖轻点，细腰轻扭，身儿轻跃，花瓣轻摆，小人儿绕着皮筋轻舞不停，嘴儿糯糯地哼：轻又轻/跳皮筋/红领巾/像星星/一闪一闪亮晶晶……皮筋儿映衬着江南小女孩的轻柔纤巧，红扑扑的脸儿有点微颤，有点娇滴滴的样儿。一"曲"终，小姑娘们不解瘾。一番燕语低议，玩起了"马兰花"：马兰花呀马兰花/风吹雨打都不怕/勤劳的人们捎来话/盼你快快快快快开花……小脚儿兜着皮筋忽而挑忽而踩忽而踏忽而移，不等你瞧出个名堂，欢欣的小燕子却已轻烟般停住了，撂了一下微乱的发。

皮筋晃呀晃，荡啊荡，伸缩之间，日出月落，不经意地越过了小雪、大雪。元旦前夕，女儿两岁半，缠着非要皮筋不可。拗不过她，扯了几尺。乐得她候不及觅个小伙伴，搬来椅子，扳好皮筋，也不知哪时旁观来的不成调的玩法，煞有介事地诵着：公鸡公鸡真美丽/大红冠子花外衣/油亮脖子金黄脚/要比漂亮我第一……"我第一"三字，一字一顿，童音缭绕，饶有趣味。

前日课余，我正观赏小女孩们皮筋上的舞蹈，一群男孩涌去，也要跳皮筋儿。直挺挺的身子僵僵地扭，三两下子，皮筋受不住了，委屈地折了。男孩们涂了个红脸，得了个没趣。尴尬之际，我大喝一声：去，咱踢球去！心底不由浮起点点涟漪：皮筋上的舞蹈只属于女孩，只属于江南柔柔的水性啊！

冬日观戏

1999-02-15

农家人就是农家人的性儿。大忙时节昏天黑地地干，劳筋累骨盼着歇会；真入了闲，哪闲得住，老琢磨着找些个事儿，怕闲得闹出病来。

腊月头上，戏台搭进农家，闲慌的心总算有了着落，空日里转着戏台把戏瞧。说是戏台，只是两丈见方的简易大木台，一个帆布顶篷，三两件象征性的家什，诸如太师椅、八仙桌之类一摆，左侧留下一米开阔，靠放着胡琴琵琶，几把椅子供伴奏的坐。戏班子成员10来位，原也是些闲得慌的退休演员，几个老友凑在一块儿拉起了个戏班子，跑到乡下演戏，一来爱好，二呢，出门散心，见识见识乡下的风土人情。

总有殷实厚道的人家空出院子，迎留远来的客。一传十、十传百，一夜工夫，满村皆知。

逢到好天气，日夜两场，看戏的人着实不少。且说日场。院之东隅设戏台，看客多是带着儿孙的、上年纪的，捧着毛线无处搭闲的。背靠暖椅，手捧香茗，瞧台上人间悲喜。

胡琴低捻，旦未至，声先到，正本开场，恰是《琵琶记》。戏班子人手紧张，一人演多角。演罢"公公"，忙着换行头，一转身，又成了"员外爷"。《琵琶记》是出苦戏，演至"糟糠自厌"，旦角唱道："滴溜溜难穷尽的珠泪，乱纷纷难宽解的愁绪，骨崖崖难扶持的病体，战兢兢难捱过的时和岁……"台下唏嘘相应，不自禁搂紧了年幼的孙女……

  看上了瘾,索性连着夜场。月牙儿怕是贪玩,迟迟没上山头。戏场子夜灯高挑,邻村旁屯、四处八荡又多了不少看客。尚未开演,难得这么个大聚会,经年未谋面的新朋旧友,却在这儿碰面了,打着招呼递着烟,聊聊近况。最开心的要数学堂里飞出来的小学生,小贩摊前站一时,人群中溜一会儿,调皮地扎进人堆,又入戏台底下钻溜儿,向着前排后座的人们扮鬼脸。长辈见了,直呼:快出来,快出来,当心头撞出包!

  琵琶铮铮,喧闹的场子渐渐入静,一出《牡丹亭》上演了……

初夏的雨

1999-07-12

下雨，蝴蝶

  这场雨是在"芒种"后的几天下的。雨来得并不突然，像是人们意料中的事期然而至。

  雨来的时候，先是起了阵风，凉飕飕的，可以听见婆娑树叶互相摩擦发出的痒痒声。天暗得也不快，我们都可以看出天要下雨了，雨还是没有来，仿佛在等你就绪了一切，才羞羞答答地同你见面。

  正是傍晚时分，女儿花蝴蝶般地追着几只白蝴蝶，凭她个小人儿，怎么捉得到蝶儿呢？待她小心翼翼地、生怕弄疼了似的去捧那丛野花上小憩的蝶儿，蝶儿却全不买她的账，乘小手将到未到之际，从从容容地拍拍翅膀走了。更有一回，那只蝶儿是从她的指间大模大样地跳着舞走的。几次三番，我瞧得都手痒，女儿却乐此不疲。起风了，有片云骑到了太阳公公的背上，我对女儿说：看，要下雨了，咱们回家吧。女儿的心思仍在蝴蝶身上，头也没回地说：下雨又不要紧的。又发觉话没说完似的，补充了句：蝴蝶还没走呢！

  雨来了，蝶飞了，我们才在最初的雨滴的脚步声中，小鸟般躲进邻近的人家。一路上，雨滴尽打在我们的屁股上，打在几只不及回巢的草鸡身上。等我们回转身，搬了小板凳坐下，雨已经下得有声有色的了。色，白如练子；声，宛如清音，宛如小调，宛如合奏，宛如不绝的余音……

  雨停了，太阳并不急着出来，我们却急着回家，要去看看院里的那几棵桃啊梨呀的。路上见不到东奔西走的各种家禽，低头所见，一两只蹦蹦跳跳的田鸡，或者可以用来诱鸟的"蠊蛄"（方言，究竟是什么学名，就不得而知了）。偶尔看到一两只被雨水打湿翅膀而无力起飞的蝴蝶，女儿像发现宝似的把它们捧起来，又问：别的蝴蝶呢？它们上哪儿去了呢？它们被淋坏了吧。

雨后，思绪

  初夏毕竟是初夏，还带着点春的味道，下的雨还没有夏的热烈与奔放，就在六月的梅雨时节，雨下得有点缠绵，又没有春样的悱恻。话得说回来，初夏的雨毕竟又有了些许夏的脾性，下了一阵也就停了，尽管明朝仍旧阴阴的，仍旧要下一阵子，现今它说停就停，毫不拖泥带水。

  真的停了。雨后的空气新鲜得有点甜味，村庄宁静得似刚朦胧醒来才洗漱完毕，湿漉漉的，睡美人般。这刻从我家的阳台上往外看出去，无论你的视域剪取的是哪一帧图景，都是雨后鲜活的、充满生命灵性的。我搬了把椅子，两条腿搁在栏杆上，整个身子靠在椅背上，不声不响，呆呆地坐，痴痴地看，空空地想。雨后的村庄像画像诗，心里有说不出的舒服，说不出的惬意，心里浓浓地涌起一股对生活对人生对世界无比留恋无比感慨无比珍爱的情愫……

  渐渐地，各种声响嘈杂起来，先是鸡啼，复是鸟鸣，而后，人群出动了，话语传来了——

  "伲去看看西面的黄瓜棚。"

  "不晓得畦头的地蒲怎样了，伲去望望。"

村庄的宁静打破了,生命的气息就像水纹般地铺开来,扑过来,扑过来……

六月的愿望（外一则）

1999-07-05

我的愿望始于我学会了骑车。

我学车花的时间比较长，前后延续了半年多。我们家根本没有自行车。80年代初，自行车对普通村民来说还是个奢望品。我的伯伯有个远房亲戚，三天两头来。伯伯家离那条砖铺的公路较远，而我家就在公路旁。通常，这个远房亲戚就把他那辆破旧得连锁也没有的宝贝自行车寄停在我家，于是我有了学车的机会。

没有人教，大人们忙着呢。况且那会儿村里的大人们会骑车的也没几个。初学的几次有点心虚，跌了几跤，生怕摔坏了人家的老爷车，几次下来没事，胆儿就大了。放学一到家，见着那辆破旧的自行车，整个人兴奋得过年似的，以至于有一段日子那辆"老坦克"迟迟没出现，我觉得生命的阳光一下暗淡了许多。学骑车，成了我少年岁月里的一扇快乐的天窗，打开这扇窗，就能看见夕阳西坠、晚霞满天，四周绿荫缭绕，一个少年在自家的砖地上专心致志趟车溜车的图景……

邻村的学校读完初二，初三要到镇上去读。我们村离镇上不远也不近，十来里的路，刚好够不上住宿的资格，走读吧，又显得路途遥远。我有了绝好的理由向父母申请：我想有辆自行车。父母没有正面回答我，而是说如果每个礼拜帮他们干活——和父母一起制瓦坯，就有希望。这个答复对我而言真是大喜过望！少年的我十分勤快，这是今天村里的父辈们对我的评价。其实他们哪里知道在我小小的心里面，原来存着这样一个鼓舞人心的秘密。它使我自觉自愿地干活，勤快卖力，毫无其他伙伴的不情不愿。

父母终于吐口：让跑外勤的舅舅替你买。得知六月里我就可以拥有一辆属于自己的崭新的自行车，我睡梦中都笑了出来。我想象着在期末考试骑上新簇簇的车子，耀武扬威地在操场上绕几个圈，然后在同学们羡慕的眼神中走进考场。我忍不住把这憧憬告诉了伙伴们，他们惊叹着，全都希望买来后他们也骑一骑。

我骄傲，我自豪，那是用自己的劳动换来的。我几乎是生活在六月急切而兴奋的盼望里的。随着六月尾声的莅临，我的盼望如窗外那盆得不到照看的文竹一样日渐枯萎、凋零。终于，我的梦想我的愿望伴着六月的梅雨，在阴暗中空空如也地走进了七月。我一直不清楚为什么六月里舅舅没买回车子，我一直暗暗伤怀。虽然七月的阳光依然灿烂，但我的农村少年生活，却就此在心里划上了个遗憾的休止符……

六月的夜

六月头上，秧苗还在稻板田里，突突突的拖拉机响个不停，犁好的田刚注上了水，夜间闪闪的火把亮过天上的任何一颗高悬的星星，那是一支支小小的捉鳝队。

我们这群野小子哪个没去捉过火鳝？倒也不全是为着吃一顿可口的美味。你想啊，三五个小伙伴约好了，又各自带上弟弟妹妹，拿着电筒火把，踩着月色，迎着夏夜的清风，听着蛙们清亮的歌唱，多么富有情趣的事啊！

打着捉火鳝的幌子，父母没有不同意的，最多加几声叮嘱。而我们也的确让父母们尝了几次鲜。那年头的鳝没现今的金贵，走不上十来条田埂，篓子里便有不少。我们并不急于回家邀功，能如此正大光明地在夜间自由活动，是应了捉火鳝的幌子的呀！平时一入夜，父母们的喊叫声就此起彼伏：毛毛——小刚——小新——夜哉——回转！我们的迷藏刚捉到半路，棋子下到瘾处，心里老大不愿，可大人们的呼喊我们岂敢违拗？

今夜不同，我们领着"圣旨"的，我们有权游荡。我们朝着约好的活动大本营——生产队的脱粒场赶去。从鼓鼓囊囊的兜里掏出军棋、斗兽棋或扑克牌，圈地为桌，火把作灯，直杀得天昏地暗。一旁的小弟弟小妹妹打熬不住，兀自歪着头倒在一旁的稻柴堆里去爪哇国了。夜深人静，唯有虫鸣蛙叫，该回去了，忙收拾器具，叫醒弟妹，顶着星星朝自家一溜快跑……

2000－2001 年

灯火阑珊

2000-01-24

  江南人家大都傍河而筑、依河而居。船边桥沿，举目眺望，树荫房影密匝匝于水中倒立，错落有致。一个水纹赶来，水中画起了折皱，一漾一漾，耳鬓厮磨，渐渐平复。西天的晚霞默然无声，沉静地躺于河里，不张不扬，渐次收敛起一个个笑靥。

  夜色慢慢拢来。

  是谁点起第一盏温黄的灯？一会儿工夫，灯鳞次栉比，闪亮于河两岸。月色披身，我独倚桥栏。河风轻轻，送来香樟树薄薄清香，呵，万家灯火。

  岸上灯火连天，江中连天灯火。灯光从一个个窗格子里逸出，游过我的双眼，潜入水里，留下一尾尾绒绒的光，与柔柔的水纹尽情嬉戏，不停摇曳。南岸，一扇开启的门户里泻出一泓灯光，照映江面，游至江心。夜朦胧、灯朦胧，岸上水中，虚幻与真切相辉映，房屋似轻浮于江中，恍惚着海市蜃楼般的迷蒙之美。光亮不一的灯，引得水面明晦相间。几条机帆船驶过，水波涌动，水中光柔和地涤荡着，绵长了，横穿过江，懒散地憩于江上。

  枕河而眠的是船。桥边泊船亦多，灯成了它们忽闪的眼睛。灯光从乌篷船的后舱里溜出来，从货船的窗户里跳出来。一盏挂于船篷外侧的灯，倒映河中，闪着粼粼的光。轻微的波荡得恰到好处，水中叠幻出一串灯星，随波晃悠，与河对岸的水中月遥相呼应……

　　无尽的灯，把夜打扮得诗意盎然。灯光，赋予每扇窗户桔色的温馨，给每一艘航程累累的船只轻柔的温暖。踱下桥坡，成荫的香樟树旁站着盏盏路灯，灯光偎在葳蕤的叶丛里，叶儿绿得鲜，绿得嫩，绿得醉了，一团团一簇簇的叶子看不真切，墨般的绿扑闪于我的视线。

　　琴声悠悠，倾耳细听，来自一爿杂货店。紧走几步，只见主人与三两个志趣相投者含胸拔背，正身侧耳，膝抵胡琴，一手持一手拉，《春江花月夜》怡人的曲调飘出小屋，逸往江面，随着清凌凌的水纹四溢开去。江面早被各色的灯光装缀得银光雀跃，恰似风摆杨柳的音符……天穹一弯银钩，卧睡西南，凝神赏乐；小星星聚于东南，朝着月睃眼。沉静的街更显静谧，清幽的河愈见幽婉，流彩的灯格外撩人。醉人的夜啊，独步江畔不思眠。

千年之夜

2000-02-11

到了村里，父母不在家。还在东港头制瓦坯——到了冬，瓦坯的价格就上涨，母亲说。一月不见，母亲又添了不少白发；父亲刚要五十，却比得上城里近六十的。好在两位老人家身子骨都还硬朗，就是父亲有点哮喘。前阵子，买了几盒"百草梨膏糖"给他，不知效果可好。

父母回来时天已黑。父母几乎每天都这么晚收工的。为了两个儿子读书、买房、结婚，老实巴交的父母在田地里昏天黑地翻滚了无数个黎明黑夜，也逃不了个"苦"字。这中间，不争气的我还大病一场，整一年，父母把从星星月亮以及血汗里抠出来的票子，毫不手软地掷到医院。而我所见到的是母亲背转身去的哭泣，是父亲日渐消瘦黑沉的脸。母亲四处打听能治我病的偏方，直到今朝，我仍固执地认为，是母亲，是父亲，是他们深深的舐犊之情让我不敢消沉，我只有好好地活出样来，才对得起他们。

父亲先回来。女儿见了，捧着个大梨，有点乖巧又有点娇憨：阿爹，你吃你吃。父亲乐了，像是旱年遇着了及时雨般的好心情：乖囡囡，你吃。拗不过孙女，接过了手。这会儿，母亲也回来了。女儿又捧个梨：娘娘，这个你吃。母亲把手往破衣襟上擦了擦，抱起孙女直笑，直亲她的脸。

吃了"百草梨膏糖"，没发过病。饭桌上，父亲抿了口白酒说。我点点头。我有点不敢瞧父亲枯树皮似的手，龟裂、风干，像块没有收成的盐碱地；可我又不能不看，我怎能不好好地看看我的老父亲呢。

妻与母亲收拾完锅碗，都来看女儿新学的歌舞。父亲一个劲儿地夸：到底是镇上念书，好，好。父亲有点出神，眼儿盯着屋外黑沉沉的小竹林。父亲啊，你是否记起了我幼时第一天上学的情景？那日大雨滂沱；那日我哭死哭活地不肯去上学堂；那日，一向不怎么发脾气的你，背起我直往雨帘里冲；那日，开始了我蹒跚的求学之路。老父亲，你是否又想起了我住院时进行的氧舱治疗？当我被送进偌大的密封的铁罐子时，你的心揪痛起来，你说，在走往车站的那段路上，你一个不惑之年的男人，却眼泪汪汪。父亲啊，当我也成了父亲，我怎会不知：倘若能替代我受这份苦，你一定会毫不犹豫走进生命的苦难，履行一个父亲的责任。

我们没有看电视。静谧的村庄让人特别好睡。睡在村里，我感觉像是睡在了母亲的怀抱，那么安稳，那么无牵无挂。直到母亲又在灶间忙碌，我才醒了过来。透过窗，外面朦朦胧胧，还看不真切；母亲早起来了。母亲体内像上好了定时器，日复日年复年，星月催促下眠，雄鸡打鸣时起，淘米，烧粥，洗把脸，再到灶里回把火，之后，去洗我们换下的衣衫；之后，忙着出工，挣工分……一到冬天，母亲的脚就冻得开裂，要涂抹一大拔"骨里密"。而就在昨夜，我还窥视到，母亲搂抱孙女的手指，深深浅浅的缝儿刀刻一般，那缝儿也渐渐爬上了额角……

新世纪了。妻也醒了，说：昨夜是世纪之夜。我们好像都忘了昨夜该是个多么欢腾浪漫之夜，我们只是平淡地把它当日子一样过，没发觉一丝与以往的不同。唯一有异的是：一向不肯与祖母同睡的女儿，表演完歌舞与母亲亲热地睡去……

哦，我的千年之夜。

早春随笔

2000-02-21

立春这个节气有点不像话，几乎没有哪次立春真让人感觉到春的气息的，有几回立春时节我上野外转转，没什么名堂，还是冬。立春之后总还有几日蛮冷的，像严冬，立春时还没出"九"呢。冷过几天就好了，可以嗅出春的味儿来了。先是身上暖洋洋起来，不像冬里，身子总要缩紧些才好，皮肤上每个细胞都铆足了劲儿要把身子里的热气儿保持住。可寒风无处不在无孔不入，随便一丁点儿的空隙都能钻入你最薄弱的环节。这几日挺不一样的，就想站起伸伸腰动动腿胳膊的，觉得这一动，舒筋畅骨的，心头说真是春了呢。向阳的屋檐下坐久了，还得脱去件外套什么的，这春，风也柔情似水了，不用戴帽子、裹围巾，弄得厚厚实实痒痒挠挠的，让风吹赤裸的脸吧，一点不冷，好极了。

总是某些野草实际意义上地宣告春的到来。花，几乎让人失去真实的感觉。我记得邻居老马家的迎春花，入"九"没三天就开得花枝招展的了，它只看温度不看季节，容易被温柔一时的冬所诱惑，开出不合时的花。城镇很叫人迷失对季节的把握，就拿我住的小镇来说吧，香樟终年是绿的，站在路的两旁，路面始终这么个脸，一年四季没什么变化，店面也不随四季变出啥花头。我们那院子，很有些四季常青的景儿，那块菜地随着季节换着同一张绿脸儿，文竹吊兰仙人球也老春样地绿着。住了大半年，我愣是没觉出季节间的变更在哪儿。妻提醒我要加衣服了，衣服日渐厚就叫人知道是冬了吧。

　　要不怎么我老想着乡村呢？满眼浓荫厚绿，夏了；落叶纷飞，秋了；树枝杈桠，冬了。就这么清楚简白。此刻，我走在垄上，微有些春醉。沟渠霜冻冰寒后经春发酵，泥土松软得可以，脚底软乎乎的；麦苗、油菜没见长高，可是能从它们的精神头里看出冬已走、春已来。隔不了几日，河边老柳又该吐芽儿了吧……

那年春天

2000-03-29

老冯瘦高个，戴眼镜，挺倔，挺个性。有种说法叫物以类聚，老冯挺适合我的。后来我常写点什么，就无端地想老冯大概投错了庙，竟与化学这玩意打交道。那会儿老冯不足而立，比我们大不了多少。以至私下碰面我们直呼：老冯，老冯！

老冯不大操我们的心。有啥事我们自个儿想法子去，我这土里巴气的班长被逼着上轿弄出不少洋相，也得益匪浅。教师节为表敬意，我从牙缝里抠了些钱买了包健牌烟，置于老冯桌上。老冯找我说，那烟是你小子放的吧？

老冯婚后两地分居，仍住单身宿舍。这为我们多少行了方便。求学路漫漫兮其修远，我们都巴不得早点跻身社会一展风采，哪怕碰几个钉子也无所谓，年轻就是这样。最后一个寒假开学后，我们兴奋，约好到老冯那儿聚聚谈点什么。真是不巧，教师会到4点还没散。我们有点耐不住气，在会议室外转悠。老冯到底也瞧见了我们，借方便之机把宿舍钥匙给了我们，说你们先去散会后我就来。

没什么菜，一则是穷书生，二则不是奔吃来的，三则那会儿的胃口没现在的挑剔。自己贡献出的是母亲腌制的咸肉，很有些油。吃着就真没菜了，老冯说他来露一手。见他搜集起了碗里的那星油肉，灶上一捣鼓，来了碗粉丝，油而不腻极上口，被我们抢了个精光后送上几句溢美之词。老冯大为得意，说这是他的拿手菜。这天我们都喝了点啤酒。起初老冯不应，经不起软磨硬缠，再说啤酒属饮料，也就勉强为之。老冯喝酒原来是不行的，最后一起高谈阔论些啥就记不很清楚了。

　　毕业经年，有个春天我打电话给老冯，说多年不见了，去梅堰阿荣那儿聚聚。老冯很快应允了，去了，到梅堰等我老半日没见我的影儿。那会儿村里还鲜有电话，像我们当然也没 BP 机之类的东西，他也就只能心急火燎地干等。结果是我放了他"鸽子"，尽管绝非有意如此，我不能不愧疚，写信解释道歉。老冯好像没生多大气，渐宽心。

　　真的很久没见老冯了，只是电话还把我们联系。也真是的，当年要不是没有电话，也不会让他干等；如今有了电话，反倒把聚会都省了。老冯在电话里说，牛郎织女样浪漫生活仍与他相伴，老冯说他多少肥了些，老冯说时常见我的豆腐干，老冯说要保重啊。

临渊羡鱼

2000-05-16

老肖又瘦又小,笑眯眯的,挺和善,执管传达室。吃罢晚饭,我时不时上办公室作业,与老肖打上照面。那个点,老肖还有半杯酒,一个独龙菜;传达室不大,酒香菜香很浓郁。老肖爱听评弹,苏州电台有这档节目,他边斟边听,有会儿很投入,经过窗前他都不晓得。我觉得这比一大桌子人喝酒胡嗨有味儿,我说老肖您慢饮。

写了点东西,月已当空。小镇不繁华,这会儿更静了。人家的灯有亮着的,桔红色的居多,温暖的样子。月光能醒人的头脑,像能把人照透明似的,无牵无挂无烦无恼,仿佛刚从月宫里出来。沿河转弯,看着对岸的那爿小店,灯亮得很,刷白。一直以为这店生意不错,后来与之有交往的任兄说不是么回事,店主四十挂儿,仍是单身,好个下棋,晚上小店成了棋室,渐渐有了些名气,下棋的都到他那里去。从不大的门框里望去,围着四五个人,棋入半局吧,专神的样儿。我想绕过去瞧上一瞧,又想人家不认得我,尴尬的。我在河沿站了好一会儿,也远远地张望了好一会儿。

我们去买了副羽毛球拍买了筒球。买了当然不好意思让它闲置着,我邀妻拍,妻邀我拍,不刮大风不下雨,早晚两次,要不怎对得起这拍子,况且还真为日益肥起来的身子担心呢。楼上的小顾老师见了,说你们的日子悠闲得来。我忽然明白了什么叫做临渊羡鱼。

天　籁

2000-07-27

一

　　我听到了悦耳的鸟语声。这得归功于屋前的竹林。鸟鸣，即使冬天也是可以听到的——总有不怕严寒的鸟雀坚守竹林，四季不离。

　　这次听到鸟儿的叽叽喳喳，在不久前的一个清晨。读书如我，喜爱清静的晚间，清晨也就睡得沉了些。但我听到了一声鸟叫，很清脆的那种。随后，有鸟起来回应，不多工夫，鸟语欢歌就回荡在我耳边。我没有了睡意，打开了窗，似混音的鸟语合奏曲，一下子随着清晨拂过来的清新的风，涌入我还有点懒散的感官。

　　鸟们都在哪儿呢？我找不到它们的身影。我细细地搜索，眼光慢慢移，竹枝，树梢，叶缝，权桠，我正失望地收回视线，眼角的余光里，扑棱棱飞起一只鹁鸪，我的目光刚把它逮着，它忽又钻入浓密的树荫里了。清晨的阳光暖暖地照在枝头，翠绿的枝叶上闪烁的光点阻挡了我的视线。我不得不移开目光……一只大鸟！啊，就在西面的杉树顶上，一只大鸟傲然挺立，举目四顾。晨风轻吹，柔软的杉树枝一澜一澜的，仿佛随时会跌落下来，而它却神态自若，全不当回事！真羡慕这身飞翔的能耐。又飞来一只。这是只什么鸟？花花绿绿的，乡间竟也有这么美的鸟？鸟影多了，忙碌了，东枝窜到西枝，低枝跃到高枝。噢，迎着阳光，早起的鸟儿开始一天的劳作了。歌声渐渐弱了，偶尔还有一两声呼唤，终于归复平静。

此刻我又沐浴在清晨的鸟语欢歌里。想起了那个早晨，那个打搅了我美梦的早晨，那个让我沉浸在鸟儿奇妙轻盈的乐章里的早晨……

二

转暖的四月分外好心情，连夜空也有道不完的美。

夜风夹着花香豆香步入我的小楼，柔柔地抚过每一寸房顶，每一个墙角，每一本看过或没看过的书。忽然听到了蛙鸣声，忙对妻说：听，听，蛙鸣！蛙鸣！妻不信：才四月哪有蛙鸣？你不前天还带女儿捉小蝌蚪？

我打开门窗，清凉的乐声立时款款飘来，妻兀自起疑。我深信，我爱极了这生命的歌唱，此起彼伏，接连不断。不如去问问妈吧，妻说。母亲在厨房里。妈，你来听听，这是不是蛙鸣？我伏于栏杆向楼下喊。应了我的喊声，母亲站在月色下侧耳静听了会儿：怕不是吧！真正的蛙不是这么连着叫，菜地里的什么虫吧。

我有点失望。转而一想，蛙也有许多种呀，可能是另一类早起的蛙也说不定。我喊妻一起来听，没请动大驾。倒是女儿在我描述的诱惑之下，乐滋滋地离开了暖暖的被窝。

咕咕咕，咕咕咕。这是什么？爸爸。

唧——唧——这是什么？爸爸。

咯尔——咯尔——这是什么？爸爸。

而我没法回答女儿并不过分的要求。我只是搂着女儿说：听，这就是大自然奇妙的音乐。

埂边拾句

2000-09-22

（一）

　　春种秋收，咱们这一带却是夏季播种的。夏季，一年走了近一半了呀，如果到这份上还不知道播种，秋当然会一无所获，冬当然就格外冰冷了。

（二）

　　江南的六月是梅雨季节，雨总下个不停。我的父辈们身着雨衣，赤足挑秧，稳稳地走在窄窄滑滑的田埂上；母亲们呢，个个挽起裤管，弯着腰，慢慢地向后蠕动。前面，一行希望的新绿在雨点的拍打下轻轻入眠……

（三）

　　七月火辣辣的毒日头也挡不住父亲劳作的身影。帽檐下黝黑消瘦的脸庞，成串晶莹的汗珠涔涔而落，父亲却专注，一丝不苟，在生他养他的土地上以劳动的方式延续着生命的种子、希望的种子。父亲，生命的顽强与坚韧就这样鲜活地跳跃在我的眼前。

（四）

　　夏夜，繁星点点，树影婆娑，河风送爽，可我就要沉沉睡去了，再也提不起精神头了，一天的田间劳作太累了，太累了，我能感觉到自己的皮肤因暴晒而发红发疼。朦胧中，我却看到母亲在刷洗碗筷，父亲坐在小板凳上抽着烟，继续着白日里未竟的作业。父母啊，你们的生命有多重！

（五）

　　如同敬重与冬日抗争的物种一样，我敬重眼前铺天盖地的夏绿，它们不被人称颂，不被人褒奖，它们太多了，太杂了，因而也微乎其微了。而正是它们，把夏演绎得生机盎然。它们，或许就在你的脚下，任你践踏；或许就在你的头顶，为你遮阳挡热；或许就在墙角，就在屋后，默默地毫不起眼……

（六）

面对无穷的绿，我的心里也盛满了绿，盛满了绿也就盛满了希望；而更多的时候，我会无端地怀念水，怀念清凌凌的小河，绿依依，绿依旧，水，哎。

（七）

一度想栽种些四季常青的松柏，但一直没有。我想，不屈的抗争是一种生活，平淡、顺时而作、顺时而息也是一种生活。

秋风起

2000-09-28

院西是一块荒地。前些年忙乱，荒着也就荒着，后来稍有些空闲，父亲和母亲就用船到村东高地上，一筐筐装来了泥，低陷的荒地整平了，然后翻地，播种，换了一番景象。

你看那一茬扁豆，开着深红淡红的花，那繁密的花，就像一群红色的蝴蝶，在秋风里腼腆地飞舞。飞着，飞着，落到了一边的矮棚上，矮棚一下子美起来，像童话里的小房子。眼光再往外移一点，是一片茄子。茄子挂着，紫得很，还开着一两朵小花，就像倒撑着的紫色小伞。旁边是什么，我问母亲。母亲说前次你不是从菜市上买过的么，紫角叶。哦，是它们。这些紫角叶沿着母亲扎的草龙攀走，地头上就高低错落起来。错落的，还有两棵树，一棵是梨树，一棵是桃树。这两棵不是原先的两棵。前几年大水，淹了这片洼地，那两棵死了。新种的两棵还小，嫩嫩的，怯怯的，一看就是新来的。

再往西，有一个丝瓜架子。秋风一起，丝瓜叶落，几根老丝瓜吊着，母亲要把它们晒干了，做丝瓜筋洗碗。秋风前，丝瓜架下好一番景象，小黄花朝天一个接一个，一片片地开。这个架子低了点，不然，夏天坐下面纳凉，喝茶。丝瓜架子北面，有一片南瓜地。几个老南瓜卧着，一动不动，看着云起云落。南瓜开的也是黄花，大些，偏向金色，秋风里，还有几朵不知是无畏还是无知地开着，我担心它们不能走出秋天了。

每日里上班下班，我都要从这里过。这是一条泥路。奇怪的是，村里仍有很多人愿意从这儿走，他们走过的时候，顺便同父母打招呼：

"这扁豆长得好啊。"

"紫角叶要老哉，好摘了。"

"不要忘了南瓜，要烂掉啰。"

埂边拾句（续）

2000-11-14

- 扪心自问，蓦地发现秋这个季节在心头没留下怎样的印痕。不像春，繁花似锦样撩人；不像夏，热情似火般难忘；不像冬，冷峻无时不在。秋，只属于庄稼，属于村庄；离开田地，秋只是夏的延续和冬的序曲罢了。

- 秋是收获，也是凋零。父辈们收获之后总忙着播种。沉默的土地使他们懂得，沉浸于收获的喜悦而忘了艰辛的播种，来年秋后就会收获凋零。

- 当父亲把大筐大筐的稻谷收进家门，我开始检阅自己：去岁今秋，你收获了什么？我开始检阅自己的文字，就像父亲面对稻谷的微笑一样，我希望每次面对自己的文字也能露出稻谷样金黄的微笑。

- 金秋之后，季节渐渐走向衰败。但是，衰败的过程同样是孕育力量的过程，也正是这个过程，让我明白了什么叫"东山再起"。

- 按理，植物该在秋天结果，可村里的喇叭花这会儿开得旺，淡紫红，喇叭向着天空似乎在不停地歌唱。呵，原来不管什么季节，总有花儿灿烂地绽放风采。

- 似乎只有到了秋天，人们才想起庄稼，想起金黄的稻子，才向农人唱些无关痛痒的歌谣。我想人是习惯收获，习惯锦上添花了，平日里农人吃辛吃苦的劳作你想到没呢？

·眼看要下雨，得抢收已割下的稻子。父子齐上阵，走在窄窄的田埂上，三五担下来，肩发疼，腰发软，咬牙硬撑。两亩稻入船，想起了谁知盘中餐，粒粒皆辛苦。不经过这样的劳作，谁说你真理解了脱口而出的诗呢？

·忙了一秋的铁锹镰刀终于能安静下来，终于能安逸地躺于墙之一隅了。闲了一冬的镰锹们万没料想：开春时，它们已锈得一塌糊涂了。安逸，生命或者价值的终结。

好　人

2000-11-24

　　我在老马家吃过几顿便饭，记不太清了。很多个礼拜天，我常一头扎进文字，妻带着女儿去看父母。妻走后，我懒得动手做饭，懒得上馆子，于是老马招呼我吃饭。有了一次，自然会有第二次、第三次。老马，退休老师，我的邻居。她口无遮拦，心直口快，典型的热心肠。好几回，早上来不及买菜，跟老马招呼一声，事情解决了。一次拜托老马买个鸭子，中午端来的竟是热腾腾、香喷喷的大青菜烧鸭。

　　院里还有一位退休老师，姓王，矮个儿，胖墩墩，笑起来眼眯成线，弥勒似的。老王是个乐天派，进驻我们院后，妙语迭现，笑声倍增。老王住东边，离我好几间远，但他的厨房就设在我们对面，只要不是大雨瓢泼，他和老伴也难得窝在房里，总在厨房前的紫藤架下走动。一日，女儿啃着个色艳香浓的乳鸽，问从何来，却是老王摔破眼镜，去苏州配镜，带了三个陆高轩的乳鸽，自己孙子、我女儿及同院的小女孩杨嫣各一个。瞧着三个小家伙吃得欢，老王乐得真成了弥勒了。

　　院里栽了不少蔬菜花草，一年四季绿色不断，花色不断，直以为怎么老是春天啊！是啊，在这样的院里，怎不让人觉得生活在春里呢？我们夫妻函授进修，女儿成了大问题，不光平日里女儿放学我们还正在上班，每到函授学习的日子，女儿问题更是无从解决。老王老马总热情地说，不要紧，留她院里，有我们呢。不知不觉里，连平日接女儿的事都由几位老邻居给包了，女儿跟他们亲得像一家人。

　　我们实在过意不去，一直想找个机会表示表示，请顿饭什么的。一日，我们找到老王老马，说了意思。老人直摆手，说这是哪门子事，邻居还不该是这样子的？再说退休了，这也是我们生活的一大乐趣呢。两位老人说得真诚恳切，老王扬言，要是我们不收回说的话，以后就不管我女儿了。我们当然知道老王的真正意思，再不妥协，自己也觉太俗了。而女儿更从容自得地生活在老人的关切里，毫不客气地吃着老人买的零食。一切还是老样子，一切都在老样子中往前走，只是女儿自乡下回到镇上，会很亲昵地跟老马说：好婆，我想你呢。

　　院子已经很破旧，或许将来我会有属于自己的新房，但院子以及几位老人馈赠给我的温暖，足以让我咀嚼到老。

乡村电影

2001-07-19

村里来了放映队，妻说今晚去看电影吧。三岁的女儿不知电影为何物，好奇而兴奋。这几年我也不知忙忙碌碌了些什么，竟没陪妻女看过一场电影，连说，好啊好啊。

露天电影设在村委前面的空地上。从家出发，有一段不算长的树影摇曳、月色弥漫的村道。女儿在中间，我拉着女儿的右手，妻拉着女儿的左手，边走边向女儿解说，乡村电影搭在露天，晴好之夜，村里四方的人聚拢来，人很多，有小贩，卖瓜子糖果。小伙伴们在夜的掩护下溜东逛西、看看玩玩闹闹疯极了。女儿听得欢，挣脱我们的搀扶，催着嚷：快点，快点嘛！看着她一路欢愉雀跃的小跑，与妻对视，加快了脚步。

隔河一程路，已听得扩音喇叭里片中人不甚分明的话语。转弯过桥，桥堍下空地上站的站、坐的坐，前三层后六排，围于靠东支起的幕布前，南北两爿小店斜着相对，灯火通明。刚下桥坡，有熟悉声喊：囡囡，囡囡过来，这儿坐。却是小姨一家子，带了凳子，就座于前排。女儿素与小姨亲，一见之下，手舞足蹈。板凳容不下三人，我对妻说，你们坐，我站后面去。

在外面人群边转一转，想找个适当的位置，哪知久未见面的儿时伙伴、同村亲朋都碰上了。都忙啊，一别又多少时日未谋面了。大家三五成一群地聊开了。聊一会儿，走了一个，又来了一双，都是同村人，人不熟脸熟，谁都可以搭上几句。这儿一伙，那儿一簇，烟蒂忽明忽暗，快语慢言、吞云吐雾间，电影成了一种背景、一种氛围。

如同摆设的乡村电影，已失去了它的原汁原味。众多看客并不为看，只是借电影这个真实的道具，回望缥缈的过往。女儿已熟睡在妻的怀里。乡村电影，曾经给人的着迷与沉迷，也只能留在各自永远的梦里。

梦中的乡村电影，不是今晚这个样子的。它一映两部，一文一武。我们这批黄毛小子当然喜武厌文。放映文片我们东逛西游，吃着花三分钱从小贩手里买来的瓜子，捉迷藏、打假仗，嘴里嘟嘟嘟响着机关枪，吵得影响了大人们。一到武片，红星帽黄军装的解放军一出现，夜空的星星也不调皮眨眼了，疯劲一下全没有了，都睁大眼睛、屏住呼吸，生怕错漏了一句话一个镜头，虔诚地随着故事出生入死、跌宕起伏。我的英雄，我的无法圆了的从军梦，曾在乡村电影里刻骨铭心地演绎过。我们遥不可及的童年，在盼望与失望中与乡村电影交替存在过。无数个有星无月、有月无星的乡村夜晚，乡村电影把我们的童心映得鼓鼓荡荡的。

归路夜色阑珊，我问妻下次还看么。妻反问，你呢。"要去的。"未及我言语，伏在肩头、睡意蒙眬的女儿作答。

女儿，若干年后，留在你的梦里的乡村电影，又该如何描述呢？

失 落

2001-10-11

玲玲是个扎羊角辫打蝴蝶结的小女孩，白皙的脸上挂着文静的小酒窝。我们在医院的门诊室相遇，重感冒打点滴。玲玲说她读一年级，今天生病没能去上学，没来得及跟老师请假。小姑娘问我：明天老师见了我，会问我什么呢，我该怎么说呢。瞧着她一脸的急切，我们都为她的天真与真诚感动，我们都说老师知道你的这份心，比什么都高兴呢，要表扬你呢。小玲玲羞涩地露出了两个小酒窝。

第二天，我照例还去打点滴。小姑娘没来，大概病愈了。快结束了，小姑娘在妈妈的陪同下病蔫蔫地来了，妈妈告诉我们，叫她再休息一天，可她非去上学不可，哪吃得消呢。我们不禁问起小姑娘：老师见了你，怎么说了。小姑娘的脸色有些白，有点泪汪汪，说老师见了什么也没说，就像什么也没发生过似的。

一时间，四周沉默了，只听见吊瓶嘀嗒的声音。

老　街

2001-11-01

　　航船穿行于蜿蜒曲折的河道，阴凉，静谧，飘着氤氲气息；河两岸的槐榆桷柳垂下婆娑枝条，透着江南初夏的媚气……船舱外，一弯新月不紧不徐地尾随着，星呢，跨着细碎的小步子紧跟着，生怕我们落下它。

　　晨光初现，人便已走在石板路面的老街上了。江南水乡，河多桥密，老石桥坡的台阶都由条石铺就，石缝里长出虬枝缭绕的树来了。背靠街河的，房屋树影投下，成了个阴凉的好地方：一张竹椅，一个小方桌，一把蒲扇摇啊摇，几个街上人惬意地聊着；或是下着棋，旁观者两三人，瞧得入迷，一人似乎忍不住在提点什么。

　　往里走，街弯弯绕绕，阳光不是很足，夏日里就很舒服。街很窄，喷嚏能打到对面店铺的柜台上。铺面都不大，多为一间门面，却很深，里面黑漆漆的，透出神秘的气息来。街不闹，也不冷清，仿佛怕吵着谁似的，一切文绉绉的。

　　走在老街上，该慢悠悠点儿，眼里随意所见的原来都似帧水墨淡染，薄薄地，散着墨香以及古旧的气息。你会发出和我一样的轻叹：老街是属于穿长衫的，它与匆匆忙忙难以糅合到一处；老街像极了凌晨航船游经的曲折水路，静谧，朦胧，诗意，让人不忍心唤醒它……

冬日短句

2001-12-13

一

　　冬至将至，菜园反而绿得更葱郁了。青菜，全身碧绿；萝卜，藏起白胖胖的果实，却把透着青渗着水气的叶儿绿在外头；葱蒜菠菜，全把终年储存的绿骄傲地袒露出来了。

　　这些土生土长的绿精灵，是它们，让家园于寒冷里透着收获的消息；是它们，让生命的抗争充满了青春的颜色；是它们，让我站在冬季的呼啸里毫不畏怯。

二

　　北风里，我抬头挺胸。只有这样的季候，方能把人的品性磨练得青松般挺拔、坚韧；四季如春，我将和春花春月一样，美得娇艳，美得脆弱，美得只剩下了虚空的外壳。

　　抬头，落光叶的枯枝正在肆虐的北风里狂舞。

三

　　一只麻雀于枝头欢叫；麻雀如前，灰灰的，不花哨，不亮丽，声音也不显山不露水地平淡。我忽然涌起对它的敬意来，就在这个结着薄冰的清晨，许多美丽的候鸟早已飞得无影无踪，而它，仍坚守于屋前的那片老竹林，继续它生命的歌唱。

四

　　地上，枯草丛生。而我可以想见：土之深处，根们扎得牢，扎得紧；它们并没有因冬的凛冽放弃生的希望，它们并没有因春的迟误而悲观失望，它们默默地，却是从不妥协地，努力着，努力着。

五

　　太阳还孩子似的不肯离开温暖的被窝，冬练的人们已以铿锵的步伐，激昂的斗志，宣告战胜寒冷的自豪；他们是真正意义上的四季常春——因为不歇的奋斗。

六

　　冬夜漫长，消遣者有，无聊者有，娱乐者有，我不敢躲进安乐窝里成一统，就在临近新年的脚步声里，我黯然自问：冬是春的前哨；真到了春，我该以怎样的身份跻进这花的集里？

女 儿 云

2001-12-21

院里的老马常叨念着妻这人好相处。一大院子人，没人不说妻和善的。老马、老王和徐老师有什么好东西总不忘塞给女儿。我这人要么随意透顶要么就是骨子里挺自私，出差给女儿带点东西回来，老忘了惦记着邻居小孩。真不能和妻比的。妻每次外出回来总不忘多买两份，分给院里的小孩儿。要不是妻这样把持家里家外，我这人是难和大家处得这么愉悦的。

我又随遇而安，无论住什么地方，住下便住下了，蜗着不想走动。妻不是这样。自从离开村庄搬到镇上，总是妻催促我回村里看看父母。而老家总忙忙碌碌，妻也晓得，只要一到家，等着她的就是围起裙来烧菜煮饭做家务。搬镇上前，和父母弟媳一同吃了好几年，一大家人，同吃同住这么些年，而婆媳妯娌间硬是没红过一回脸——这在我们村里是个美谈。父母为两房媳妇昏天黑地地干，从身板上扣下钱来，现在见着这场景是老人家最大的欣慰。逢年过节，妻不是盘算着弟媳爱吃鱼父亲爱喝酒，就是想着带点啥送给老人，父亲有哮喘该带上两盒梨膏糖，母亲下地割草时害下了腰肌劳损，半夜疼醒过来，该配点药……工薪阶层生活是紧着点，可妻是宁可自个儿紧些也不去磨人的人。

都说女人天性比男人更会料理家务。这话似乎该这么说：女人比男人更有牺牲精神，把大好春光留给孩子留给家。我瞧惯了母亲忙里忙外，以为母亲真是劳碌命，怎么就不晓得停下歇歇，却不想家就是这般琐碎，就是要母亲这般细细碎碎地收拾。寒来暑往里，妻成了母亲，有了孩子，家就成了真正的家，家就滋生出了乱麻丝般剪不断理不完的活儿。我是个书到用时方恨少的人，要不是妻以粗糙爬上双手的代价给我换来大片的自由空间，恐怕我仍是很难写出点哪怕是豆腐干的东西来的。我到现在仍认为，我能拿起家务，妻的成绩必大于我。我是到后来才知道，妻在校时就曾在杂志上发表文章的，我是老早就知道，妻的各项基本功都要比我强许多，我是本着这样的愧疚，努力地鞭策自己、挖掘自己，不这样，我以什么颜面向妻逝去的青春做无悔的回答。

就像滴水融进大海一样叫人无从辨认，提个袋子走在菜场里的妻，平淡得就跟水似的。妻就化成了一条河。男人，总要蹚过那条名叫女人的河，有的河湍急，有的河狭小，有的河沉寂，有的河深，有的河浅，而妻，她秉承着庄稼人的勤劳和善良，又不失文化人的精神和精明，狭窄处拓宽，过浅处的挖深些。她在河岸旁种上垂柳让鸟儿来歌唱，让那些无家可归的野花野草在河边绽放。而我，在船头看着两旁怡人的景致，写些心情以及感悟，我知道这样是走不出河流走不到大海的，我愿意。

有些东西辗转心头，提起，放下，又上眉头。于我，沉重了也就只能巴望着用笔在情感的围墙上戳个小孔。妻名两个"云"字，我在心口前方的墙上写：那片淡淡的女儿云。

抬头，那云儿分明在蓝蓝的天上冲我笑。

2002—2004 年

花　院

2002-04-11

对于住惯了村庄的人，如我，能在毫无选择的余地下搬进这样一座院落，心里总存有一份庆幸；对于能随处见到花草、听到鸟语的人，如我，能在住进镇区后推窗见绿、启户闻鸣，心里便多了一份亲切。

要不是这些花花草草，这样的地方注定会缺少些什么，譬如生机、清新什么的。但是你走进这院落，你走进我们的院落，扑入你视野的是绿，是红，是紫，是青，你简直无法抗拒这份大自然精灵所给予的生命、生命的涌动。我就是这样爱上它的。

真要感谢退休了的马老师，是她把我们的院落打扮得如此青葱动人。这些盆景儿是她栽的，这些花草儿是她种的，这丝瓜架子是她出主意搭的。丝瓜架子底下是露天水池和一块洗衣服用的水泥板儿，夏的阳光被茂密的绿丝瓜叶吃了不少，只能淡淡散散地洒到人身上。丝瓜是会自个儿爬的，由露天水池一直爬到老式楼房，爬出了一条绿色林荫道。院子的墙墙脚脚都开着好种易活、自己会奋斗的花，凤仙啊月季呀夜饭花啦，红红紫紫、青青绿绿，让人一踏进小院，眼前就不由一亮。

院子不算小，三百来个平方，错落有致地分成两块：菜园和花园。说是错落有致，实在是菜与花相互环绕，相互映衬，很难说分成了两块。这样反而更好，吃的看的，虚实相映，更有中国画的韵与味。您得允许我分着向您介绍，先说花吧。花大都不是名种，马老师说她半路出家，好花种勿来，图的是四季花常有，一茬下了又一茬上。的确，月季普通不过，可老百姓喜欢，江南的冬天不太冷，月季要开到十二月呢。春夏的花自不必多说。秋有鸡冠，各色的菊，红花紫花黄花开得旺的太阳花，柔柔弱弱得林妹妹似的绕兰花，樱桃结了桔黄色的小果果，盆栽的辣椒挂着红果紫果，白杨梅红杨梅逗人似的举着，小女儿总忍不禁要去摘，又想着昨儿故事里小朋友不破坏的事儿，手半伸半缩，只好往自个儿头上摸了一圈。女孩儿家与小男孩不一样，喜装扮自己，墙角的夜饭花成了小姑娘家的宝贝，花能染指甲！腊梅是冬的骄傲，院里当然少不了它，白梅红梅都有，凌寒独开的盛景我还没来得及欣赏，就迫不及待地写这小文章，只是听马老师唠叨：去年开得不太好，花儿泛黄，没精神。顿了会又说：这花能下药，今年再买株。

说到花，必要话盆景，养花的人又岂会不植盆的？老马那些盆里，仙人掌仙人球仙人棒最多，咏它们的诗句从古至今多着呢，咏它们花的，少。仙人球开花，最少也得三年。据说花开在夜间，呈喇叭状，不大，修长，有成熟少女的美韵；花瓣颜色素雅之中带有清香，素洁之间带有水彩的淡染。我喜欢那盆石竹，很精神，很茂盛，葱葱茏茏的，一片竹的世界，似有老者身着长袍，独坐幽篁里，弹琴复长啸……那吊兰，我曾失败地养过一回，心里羡慕的成分多些，时不时多瞧上几眼。连小女儿也跟着嚷：这盆我们也有过。院里有序无序排着大盆小盆的杜鹃石榴万年青，喜阴的喜阳的、叫得上名的叫不上名的，还有不少。有些请教了马老师，记住了又忘了，有些连马老师也不知其名。

花儿围于四周，中间空出一方地来，那是菜园。菜是寻常菜：萝卜青菜小葱大蒜山芋蓊菜茄子西红柿。什么季节就种什么，反正不让它白着，让它绿着，吐故纳新。有了这些不值几个钱的菜，无形中方便许多。下班晚了，院里拔一拨新鲜的，手上还沾着青气儿，总觉营养特别好。哪家炒菜煮汤忽然间发觉没了葱少了蒜，不用招呼来拔就是，谁都不奇怪，谁都觉得本该如此。初来乍到，成天和幼儿打交道的徐老师，三番五次和和气气地对我们说，要青菜，自个儿摘，没关系。弄得我们不去摘上几把怪不好意思，怪对不住她的。

院里还有些不能不提：一个紫藤架，架下一个椭圆形石桌，两三条自制的石凳；紧靠石凳边是一棵桔树，不高，女儿和徐老师的千金嫣嫣常爬着树玩，几个大人见了总不放心地喊：快下来快下来！院西南角，有棵叫不出名的树，春来发芽叶是红的，似红枫，转而过夏至秋又是绿绿的。这几个景致，另一位马老师栽种的，如今她住女儿处，人不在，景犹存，站在紫藤架下，就让人思想起些什么来。

介绍完了，向您提个醒儿，要来看我们的小院，最好是清晨，您就能见着那几只花花绿绿的画眉相思，欢蹦乱跳，叽叽喳喳。此刻，马老师的煤球炉子已经生好，时光尚早，您不妨坐下一起喝杯热茶……

北娄筲

2002-08-08

北娄筲是个筲箕湾。坡边都是些杂枝乱树,不像特意种的,倒似鸟虫落下籽儿出落成的。经年累月,没人管,却茂茂密密的,直盖到河面上。又有好几株柳,不一个劲儿朝天长,卧着,朝水面长,经年累月,枝杆粗,爬上卧柳躺着,水自身下流,云自眼前浮,柳叶儿又多情地撩人的脸,好一派乡村天地。

筲箕湾底口,是队上的养猪场。坐南朝北一溜矮房,中间一条走廊,南北各作猪圈。有母猪,小猪,大猪。小猪养成大猪,去供销社卖。男人把猪掠倒,用膝盖抵住猪腹部,前后脚两两捆扎起来,猪嗷嗷地叫,要死一般。大人烦不过,骂,死日到了你。卖猪大都摇船去,运气好一点,用打水船。打水船向田里打水,一节节管子通到岸上的沟里,现在,管子卸剩一节,对着后面的河面冲,船就前进,比摇船先进多了。供销社收猪,讲等级,在猪身上这儿摸摸,那儿摸摸,最后在猪肚上剪几刀,剪去猪毛的地方就空出几道印痕,这就是等级。我一度崇拜那拿剪刀的,他的权力实在大,每村每户宝贝着的猪,都得经他的手定价钱。我一直没把这愿望说出来,怕人家笑话。定了等级,给猪松绑,赶进猪圈。这里的猪圈一溜水泥地,猪们待这儿享没几天的福。那个拿剪刀的说,猪们到这儿心里慌着哩,吃都没心思。

母猪也叫猪娘,老了,下不了仔儿,只有死路一条。杀猪娘很可怕。

我一直想去看，但一看到屠夫举起白森森的尖刀，再也睁不开眼。可是我的耳朵看见了，看见血流了好多好多，足足一大脚桶；看见白森森的刀滴着鲜红鲜红的血；看见那猪由凄凉至极的呐喊，至一刹那撕心裂肺的叫，逐渐弱下去了，只剩粗粗的出气了。这一切，耳朵全看见了。耳朵看见这一切后，疯也似的逃，带着眼睛鼻子肩膀一起逃。到晚上，大人们打了几十斤楝树果做的苦酒，到队长家"扛咀"（聚餐）。这会儿，队长家油灯通红，烟味呛人，声音高亢，透着辛味。伙伴们举着根肉骨头在桌下钻来绕去。我不在，我的恐惧还在心里翻腾。有一回，邻居阿海爸当了队长，"扛咀"近在咫尺，我也去了。伙伴们都在父亲们脚边，嘴里有了东西才走。我远远看着。父亲回头看见我，要我过去，我没应。我还是恐惧。我的耳朵看到了一切，它录音机似的，重复一遍又一遍。我想起北娄笃的猪棚，小猪，大猪，以及拖着大大的乳房的猪娘，这一切交替出现，小小的心莫名地哀怨起来。

　　父亲瞧我呆了一般，神色不悦，扔了声"没出息的"，也就任我呆去了。

三件往事

2002-09-05

　　学生时代，我只记得一个教师节，那是 1989 年，很遥远了。那年头流行一种"健"牌的烟。我买了一包，放在老冯的办公桌上，压了张纸条，上写"教师节快乐"五个字。不久老冯来找我，说那烟是我放的。我很惊讶。老冯大大咧咧的，却不想这次竟这么心细，想来他是凭笔迹猜出来的。我以为他不会这么精明。我想没有答案这事或许更有意思。多少年过去了，老冯是我母亲常唠叨起的人，我们说着师范生活，不经意地流出老冯来，母亲便说就是那个高个子冯老师，他可真能说，你们那天说了那么长时间。毕业前夕我大病住院，老冯来看我，我们在医院的院子里聊了很久，那是傍晚，那是初夏，那时我患的是传染病。母亲怎么也忘不了。

　　师范一年级，张老师教我们《文选与写作》。张老师小巧，到我们中间也许得坐前排。同学说她是个新老师，说你没看见她上课时手足无措么。我真没看到。夏天我们送同学谈永康去上海，小聚了一次，张老师也来了。她说上次去张家港，同学们遇到她开玩笑说起这事儿，大家记忆犹新，也很开心。同学们还对张老师说，当年男张老师追求你时我们可看得清清楚楚噢，你的脚摔伤了，他可情深意长啊。张老师就笑。一个老师能和学生一起回忆往事，那是别一种幸福。我对张老师记忆不是这。那年秋天的夜晚，张老师找我出去散步，跟我谈读书，问我读什么课外书，我说就读过些金庸琼瑶，张老师要我读文学作品，我说我看不下去，不吸引人。但我还是去书店买了巴金的《家》《春》《秋》。这是我第一次买文学书、读文学书。那个秋天的夜晚如此美丽，让我一次次穿过回忆的深巷，漫步神往。

师范三年级，陈老师教我们《文选与写作》。陈老师很幽默，不知不觉下课铃就响了。国庆节到了，陈老师布置我们写作文，就写国庆期间的事。这是个很平常的作业，以至于我没料想到它对我有着多么重要的意义。家里很忙，母亲整日忙着采桑叶。我就写了这事。回学校后的某一天，过道里遇着陈老师，陈老师说我的作文写得好。评讲课上，陈老师大肆夸奖，说不但作文好，从中看出建刚是个孝顺的孩子等等。这是我的作文第一次受到老师如此赞誉，以至于我不得不低着头接受迎面而来的赞美。作文本发下来，我惊讶地看到陈老师的批语竟是这么详尽，有大量的眉批，总批写了整整两页。红圈圈红波浪线密匝匝地对我笑。多年后我习惯与文字打交道，习惯在寂静的夜晚写点什么，我就想起那次作文，那篇学生时代的习作《蚕桑情》，这是我唯一记得的做学生时的作文。

小文《三件往事》，我不能写更多。我想明年教师节我还会拿起笔来，那时我会像此刻一样虔诚而感动。

青岛印象

2002-10-11

假期里去了趟青岛。说是旅游,我却不是个喜好旅游的人。外面再好,我总以为,还是家舒坦,这次旅游更证实了我的观点,虽然乘了飞机,住了宾馆。

除了疲劳外,我对青岛的景点没多大印象。蒋介石的花石楼我是特地买了票进去看的,有摊贩在蒋的府邸里兜售,可惜了。青岛的露天音乐广场,大得很,也有些气派,看到了那架巨大无比的钢琴,顺便也看到了某些不太道德的人在钢琴上用利器刻下的不堪入目的话,感觉也就好不到哪里去。我从没看到过海,这次去青岛看到了海,也在海边留了影。或许去的不是时候,天总是阴着,海没有向往里的蓝;游人众多,垃圾也多,海就留给我这么个印象。这样说,青岛大概对我要有意见:青岛这个好地方,怎么被你说得一团糟?

光说好话给人阿谀奉承的感觉,光说坏话觉得这人不可理喻。说话最好能说到分寸上。我对青岛的两棵梧桐树的印象特别深。这源于苏州老街上的梧桐树,苏州老城最大的魅力就是两旁高大的梧桐,新城在这些苍老的梧桐面前没了骄傲的理由。吴江,我爱步行于红旗路上,夏天,南北两方梧桐,枝接着枝,叶搭着叶,投下一片天然阴凉,真惬意。青岛的这两棵梧桐,又高又大,很粗很粗,姿态也很奇特,难以描述。我去问当地人,他们也说不出梧桐有多大树龄。按我的经验,该好几百年了。可青岛是座新兴城市，才一百多年。梧桐是外地移植来的？几百年的古木是说卖就卖、说买就买的么？由这两棵树看开去，我发现青岛的树木实在多。所到之处，树成荫、花成行。青岛是舍得花地方来养花种树的。青岛作为最适合人类的居住地之一，房价每平方米已上万元，却有大块大块、大片大片的花木，小树林般的。这些花木长势好，是山土的缘故。两棵梧桐如不是外地植来的，那么与青岛的土壤必有关联。

青岛是山丘城市，自行车无用武之地。奇怪的是，青岛的摩托车也少。这与经济无关。听人说是政府行为。这样，路面上就很赏心悦目。我在一个比较繁华的路段下车，没有扑鼻而来的呛人的油烟。一辆破摩托车的尾气，是抵得上几辆汽车的。青岛给我的最大的好感，源于它的城市规划。我在很多城市看到，只要有一个住宅区，就有一个商业区相配置。这样有这样的好处。但如此一来，沿街面的住宅区的底层全都用来做商店，商店的门前又必须空出较大的空地来，以供购物者出入、停车。地盘都用在这里，花啊树啊草啊的，只能做做样子，点缀点缀。青岛不是这样。住宅区就是住宅区，商业区就是商业区。住宅区无须留下过多的人行道，无须留下过多的空地，而有了成片成林的花木，不少树枝肆无忌惮地把枝条伸到你脸上来。我想回家时被这样的出墙枝条一吻，心情会很好的。

我没有出过什么远门，想来想去，青岛算远的了。于是写下来，做个纪念。

今夜月光如水

2003-01-06

今夜月光如水。影子很清楚，自腰以下是在地上，腰以上与墙根折成个角，印在墙上。墙很老，斑斑驳驳的，像张旧地图，有点古味。因为旧，这里少有人来，很静。河面上不时传来航船的汽笛声，眼自然而然地向河上望；航船模糊，只见得个轮廓，船舱里亮着灯，小窗户里有个影子一晃，不见了。探照灯来回扫着，偶尔用高音喇叭喊着话，风一吹，声音含糊不清，像外国人的美声唱法。

水域辽阔，星天无边，临风迎月，这样的光景能得几回？一年十二个圆月，才十二个呀。十二个圆月的日子里，总有阴雨的吧。日子是滑的，一不经意便走出老远，仿佛一眨眼的工夫，旧年的除夕还在眼前，母亲围着灶台转，父亲在场上收拾着什么。女儿瞧不着她的影儿，大概趁着欢乐的气息，同前屋的伙伴玩去了。一会，她却出现于灶边，呵呵，女儿跟灶沿一般高了。香味自灶边溢出，年的气息怕就是这样从灶边往外溢出去的。

母亲一定还在忙碌。母亲是劳碌命，要是歇下几日，非手痒不可。而农村的活儿，也真是做不完干不尽的。莫说田头的四季活，薅草耙地挖壑插秧施肥打药水，就是侍弄家里头的鸡鸭鹅，也没少花工夫。家畜一多，免不得场脏地臭，免不了常要打扫；衣服有个小洞要补，就像我脚上的袜儿的洞，也是母亲前些时日补的。多少年来，母亲知道我的脚趾头跟袜儿是冤家，再结实的袜，一上我的脚，三两天下来必定起洞儿。

　　没几天又是新年，父亲在盘算着年里要请多少桌客，花多少钱，准备些什么年货。经年不用的煤球炉子，也搬了出来。炉子粘满尘埃，愁眉苦脸的，待父亲掸去它隔年的灰尘，显出些新样的喜气来，袅袅的青烟自炉里升起，散着点烟灰的香味，怪好闻的。家里境况不怎么好，父母都是要脸面的人，节里不摆上几席招待亲眷，脸上挂不住。父亲姐妹五个、母亲兄妹五个，枝枝蔓蔓的亲戚如老树生枝，那一日上，真似老树引来了一巢叽叽喳喳的喜鹊儿，父母脸上也焕发了春的光芒。父亲平日木讷，趁着这工夫多喝二两，也趁着这节上盘出了不少的话语。父亲从不叫苦，父亲把生活的苦难当作生命本身一样平淡地过。

　　一日，父亲来我镇上的蜗居，邻居老马对我说，你父亲可显老哩。这年头靠的不是力气，父亲整日风里雨里霜里，只弄得霜打额头，别无所获。父亲硬是造楼房，娶两房儿媳。父亲老了，老得走路的腰都不直了，父亲的烟一包要分作两日来抽了，母亲告诉我，父亲的酒也老长一段时日没喝了……

　　码头外灯火阑珊，航船犹如不知疲倦的老牛犁着希望的水域。一条拖轮缓慢地驶着，它跟不上轻巧的单航船，却不亢不卑，毫不放弃自己的航程，那长长的拖轮，铆足了劲儿向前走。船头或者船尾，模糊中，我见到了母亲和父亲的影儿，我对着航船默默祝福。

　　今夜月光如水。

我们小时候

2003-01-20

　　小的时候真是冷，也没有什么保暖的衣服，呆在四面漏风的教室冷得直跺脚。老师也冷，说，你们跺吧。老师笑着也跺。天冷，呆在家里有什么劲，没有电视机，没有动画片。学校里倒有那么多伙伴，一起做有趣的暖身游戏。乐趣是人制造出来的，寒风赶不跑欢乐的。譬如轧墙头。一下课，男生们自然地分作两帮，靠着墙相互挤，中间被顶出来的同学迅速地补到尾上，继续加入战团。轧墙头，既要用肩膀轧，又得用腿死劲地撑，好使整个身子依着墙不被顶出来，十分钟下来，脚暖和了，手暖和了，身子暖和了。实在冷的日子，老师也参加。老师一上，女生们不害羞了，也来。这时的男生个个奋勇，喊杀声、加油声惊天动地。上课了，老师呵着热气进来，转身在黑板上写字，我们发现，老师后背上全是纸筋的灰白色，大家你瞧我、我瞧你，原来都是一个样，然后就拍衣服，我们拍，老师拍，拍作一团。也有的时候，下面是乱七八糟的副课，轧墙头继续，那份人山人海、蔚为壮观的场面，童年小小的心都撑破了。

　　男生还喜欢"打包"。所谓"包"，做起来很容易，语言描述有点难。一般用两张纸，每张纸横着平均折三折，两张纸"十"字交叉，每端伸出部分折角，向中间叠，四个折角相互交叉在一起，就成了一只"包"。"包"有正反面。你把"包"放在地上，是正面的，别人用他的"包"狠命抽你的"包"，你的"包"180度，成反面，你输了，"包"归那个人了。

这个游戏可以单人作战，也可以分作几个小团体玩。几分钟下来，暖和。

"包"有大有小。大"包"，用大的纸张做的。大的纸其实是旧报纸，那年头，小孩子能有几张报纸都是了不得的事。也有的大"包"，用了好几张纸拼起来做的，"包"做得硬硬的，很有分量。一般来说，大"包"显得稳重，而打"包"靠的是"包"落地产生的震荡，这个震荡又跟"包"原有的重量有关。小"包"打大"包"，自然吃亏。知道了这理儿，小"包"户，就把打"包"的场地，选在凹凸不平的地方，这样，大"包"就有处于"悬崖绝壁"的危险，这对我们来说是绝好机会，使劲一拍，赢了，赢一个大"包"，抵得上10个小"包"。我和阿海靠这个绝招，赢得了"百万家产"。赢的"包"藏在他家的一个小板凳的抽屉里。这只板凳很好看，很考究，阿海家放在灶堂里烧火用的，我不知道他家为什么会有这只板凳，这是只有大户人家才有的。我们赢了很多"包"，赢了必要的地位和尊严。有几个"包"输光了，又没有什么废纸张，就一页一页地撕书，到期末复习，前面的书页早没了。

严冬里，另一个游戏是斗鸡。扳起左腿架在右腿上，或者扳起右腿架在左腿上，金鸡独立，你就是一只勇于挑战的斗鸡了。斗鸡有单挑的，一个接一个地斗，斗出个冠军来。大多玩团体的。分作两派，相互斗。这要合作，要配合，要默契，要智慧。擒贼先擒王，一旦对方的队长给解决了，胜利也就一步之遥。而"王"不是说擒就擒的，要引诱，要激将，要挑拨，要背后袭击，这些，我们在游戏中早早领悟。

小时候的游戏已经消失。消失是时代的进步，我绝不留恋。留恋的是曾有的时光和情怀，拿出来晒一晒，感觉也好。

冬天里的春天

2003-02-10

　　水仙花要开了,开在叫作冬的日子里。每一片花瓣都有一个故事,一个冬天里的春天的故事。我端详着她,她也端详着我,我读出了冬的温情。只要有花的颜色,花的心绪,走在冬里,你仍能听到很多春的声音。这声音很轻,很短,心眼才能看到。她不宜存放,任何容器都无法容下,除了心。

　　中午,太阳暖暖地照着。忙碌了一年,这个周日下午,我缓缓地想着走过的路以及替换的心境。这样的时候,我不会去吸手上的烟,烟是一种装饰,成熟的装饰,心情的装饰。我没有翻书,我似乎想起了一切,又似乎忘了一切。我一直回味这个下午,冬天的,有阳光的下午。

　　春天不只是春天,春寒料峭或许比冬更伤人。夏天你也别抱怨天气热,真的,斜阳下你会想起那些飘着晚风的日子。至于秋天,你简直难以分清它是什么时候来的,什么时候去的,前天还是夏,怎么就秋了呢;前天还是秋,怎么就到了冬了呢。一切都在相互中,你中有我,我中有你。春天是诞生在冬天的怀抱里的。秋天是诞生在夏天的怀抱里的。悲哀往往在欢乐的背后,欢乐也往往在你越过悲哀之后。

　　生活的春天或者生活的冬天,与自然的冬天或春天没有一点关系。你可以在春天里过着冬天般的生活,你也完全可能在冬天里过着春天般的生活。花开不开不是主要的,衣服好不好不是主要的,发型美不美不是主要的，钱物多不多不是主要的，权力大不大不是主要的。作为群众的一分子，作为构建历史大厦的一粒沙、一毫米钢筋，厚重的历史很快会覆盖住它。历史只会说：是人民构建了大厦。这句话的意思依然是你中有我，冬天里的春天或春天里的冬天。

  暖几天冷几天，冷几天暖几天，这样的日子感冒会多些，一年里有几次感冒也说不上什么不好。好事和坏事像是物质间的转化，内在因素、外部条件起了突变，转化就成为必然。冬天里望春天，春天里望夏天，夏天里望秋天，秋天里望冬天，了望，巴望，失望，盼望，无望……这"望"该是一种怎样的转化呢？

  我们生活在无常里，无常的天气无常的人，无常的四季无常的事。而你心定气闲地坐在季节里，任白云游，任落叶飘，任世事沧桑，任秋霜染鬓，你心定气闲地坐在季节里，一任日子从容过，你说，冬天里也有春天。一声叹息从我心头落下。

春　来

2003-03-31

春与冬的交接不动声色。春寒料峭，春与寒为伍；寒冬腊月，寒与冬为伴。除了日历上标得清界限，像我，是无法分辨的——冬春交替那会儿，感冒不会不光顾我，后脑勺阴冷，脖子往冬衣里缩，兀自难受，哪顾冬或春。我没心思去留意那些春的生命、春的颜色、春的信号，缺少心灵的介入，表象永远停留于表象，心在远方，靠得再近也枉然。

大概二月下旬里，有份资料落在乡下，须回去取。

一路行来，我才发觉春来了。或许感冒退去的缘故，扑面之风竟一点不冷，我晃动全身的细胞倾心感受，想证明这是假象。这一晃，把我从冬里晃醒了，心里一个劲儿重复着：春来了，春来了。眼睛，留意起一闪而过的田野，留意了，哪怕一闪而过，也能让视线触摸出哪是新绿，哪是新芽。我放慢车速，发现那些野草，那些作物，以及菜园里的蔬菜们，都精神了。往些日子，它们也活着，绿着，蓬头垢面的，像输光了钱的赌徒，一点光彩劲都没了。现在有力气儿了，开了眼儿似的，脖子硬了，腰硬了，再过些时日，看来要指手划脚了。

到老家，我没急着拿资料走人；我想去走一走，到久违的田埂。

很久没到田埂上去走走了。往年春节，我总要挤出一下午，乘着暖阳，从村东走到村西，村西走到村南，散漫地走啊走，整个田野，被我丈量一遍。丈量田野，也丈量天空；丈量天空，也丈量河水；丈量河水，也丈量心情。我是在田埂上长大的，我是从田埂上走出去的。回到田埂，回到久别的情怀。脚下土被春暖过了，一切和我想象里的春有差别。这是二月的春，脑海里的春，大抵是三四月，姹紫嫣红的那种，红是红了，绿是绿了，一切都饱涨了，饱和了，后面的，就走下坡路了。二月，春刚露脸，不兴旺，却能让人感到强大的后劲。你能想象，这块麦田一两个月后的场景；你能想象脚下田埂上的野草，一两个月后的青葱；你能想象油菜花黄的香和金。二月的春，留有巨大空白的画，由着你的想象驰骋、挥洒。

前额的头发挡住了我的视线。这才想起很长时间没理发了。冬里不敢理，理了，感冒要来。春节前几天老下雨，阴阴的，又不敢。过了春节，听说要来冷空气，还是不敢。就这样子，一个冬天，我和路边的草没什么两样，蓬头垢面的。现在好了，春天来了，我要去理发了。

发随着剪子细碎地落，也落下了一冬的疲惫，朋友们说，你精神多了。

三十小语

2003-07-08

• 三十的时候我认识了规则。我们生活在规则中，规则给我们生存和生活以保障，没有规则，生活像手里的烂泥，随意捏出的是无法定型的物像，这种自由主义的危害，不能重来。像我这样的人，看重有形的规则，但却忽视无形的规则。现在我有点明白，无形规则这门学问也很重要，它存在于无字之书。有形规则与无形规则之间有着巧妙的转换关系和公式，有些人无师自通，有些人穷其一生，却卡在这个转化上。三十，多少已失去了急吼吼的模样，体重增了，人也稳了，走起路来，不再蹦蹦跳跳的了，说起话来，也松弛有致了，规则及其转换，就在其中。

• 有人经常跳槽。我问他们退休劳保之类怎么办。他们大概没料想我这么不开放，看我时眼神有点异样。我们这年龄的农村人，读书为国家为事业是说不错的大话，一心想跳出田头做城里人是实话、良心话。现在有了一份相对安稳的工作，做起事来也卖力，为着能每月按时领取工资，将来退休，还能按时去领工资。想来想去，"发财""老板"这样的字眼这辈子不会沾边，就想能过个平安太平的生活。再往外想一点，父母健康长寿，到时这点工资希望能养得起他们。

• 古人以六十为一个花甲，三十恰好是个中转站。站在这个十字路口，正好能前后左右地看清来路去路与支岔，认清这些，往后的路就能走得坚定些，从容些，也能走出点距离来。有多少人已经懒得辨别方向，懒得横冲直撞，舒舒缓缓，今朝有酒今朝醉，似乎有点出世的味道，我是没有这个资本下赌注的，好不容易来世上走一遭，缺少点意气风发的劲儿，总显得颓废。三十的时候，还留点青春打理思绪，对准方向，刚好能纵身一跃。

• 模模糊糊却又强烈觉得三十有诸多优势。有了体验，有了经历，有了思考，又不缺乏热情与冲劲。规划可以长远些，还能有比较长的时间去完成，失败一两下也还有翻本的机会。三十是处在了一个很有优势的位置，从这儿切入人生的突破口，比二十来得稳重，比四十来得强悍。

• 人的阅读是有年龄段的。我看到一些年轻朋友借阅爱情小说，心里就有一种告别虚幻的感觉。没有人文的社会、人性的关怀，光靠一些简单的情感故事，已很少能吸引我。再走下去，我的阅读状态将步入怎样的境地，我不很清楚，肯定的是，必将越来越走向哲学、抽象、空灵以及老子所描述的道法自然。

• 我在一篇文章中说，人的脸面，三十之前是父母给的，三十之后则是自己给的。三十前，我们过分看重青春和外在；三十之后，如果还不能反省到真正需要关注和丰富的内质，那就要怪自己浅薄了。我看到一条很有道理的话，说的是，人要漂亮途径只有一条，要可爱途径却有万条。当我认识到自己要高度没高度要脸面没脸面的时候，反而宁静了，三十，是可以坦然接受自己的时候了。

• 母亲说我今年三十一，那是我们常说的虚岁；我写下"三十小语"这个标题，认定自己三十，那是通用的周岁；我的身份证不买账，证明我周岁也三十有一，那是统计时哪位先生同我开了个严肃的玩笑。这样一说，一个简单得实实在在的年龄，也成了一种真实的复杂存在，是不是往往这样，一些简单的事情经尘世的渲染，都无可避免地要穿上一件件马甲，最终，谁都不能轻而易举地认识谁。

• 这个"三十话题"，今后也许延续为"四十话题"。三十时我这样想，二十时我绝不这样想。按这样推算，三十我这样想，四十我绝不这样想，五十也不会同四十那样，十年，在我们的生命中有着太多的分量，它能改变的，不是想法所能穿透的。但我会这么好好地活下去，去看看四十的我，五十的我，六十的我，我以思考来印证岁月年轮和生命屐痕。

• "成家立业"这个成语，在我们这个古老的国度有着特殊的现实意义。先成家，后立业，千年的传统与积淀，铸成一道独特的人文景观。三十岁大都成家，虚幻的爱情有了坚实的依靠，青春的狂热转向沉稳的思考，责任爬上了肩，压力浮上了心，有一天会想到抽根烟、喝点酒，那么爱人，你要原谅。

• 参加一比赛，信心而去，铩羽而归。回家途中下车，找了一个僻静的角落，默默静坐，烦恼痛苦都留在那儿了再回家。家里有爱人有孩子，失意传染给家人，一屋子压抑，那不是三十岁的男人该做的。三十，一些失意最好一个人背，一些困苦最好一个人咽，一些荆棘最好一个人劈，一些航程最好一个人闯。三十岁，我们已经懂得，家，这个避风港要每个人用心来维护她的平静与温暖。

• 年轻而气盛，气盛而浮躁，浮躁而耐不住失败与寂寞。我在笔记本上写下八个大字：抬头做事，低头做人。不要总想着荣誉，不要总想着出人头地，不要总想着你行他行为什么就说我不行，不要总想着得失之间的利益权衡，做人，姿态低一点的好。

• 惧怕失败、期望成功大概是人与生俱来的。没有失败的人生是不可能的，这是个简单的道理。要思考如何正确对待失败，许多名言对失败有着精辟的描述，摘几句我喜欢的，与您分享："一经打击就灰心丧气的人，永远是个失败者"；"累了就在路边休息的人，是不会得到胜利的"；"战胜困难，困难便成了我们的荣光；被困难战胜，困难则成了我们的屈辱"。

• 有一些事情只能以时间来平衡，有一些价值只能由岁月来论证，有一些觉悟只能靠年头来开导，有一些楚痛只能用时间的细沙慢慢打磨，有一些快乐要在若干年后兑现。耐心点，心平气和些，把人生当作一个整体来阅读，断章取义，会迷失我们的心智。

• 邻居的鸟在狭小笼子里叫，不知道它是欢还是悲。我只是想，我有一对这样结实的翅膀，一定想到天空去飞翔。囚禁人的，不是捆绑不是鸟笼不是墙壁，而是看不到的无形之网，风俗？舆论？权利？势力？蔑视？污蔑？懦弱？担忧？看着笼中鸟，我担忧的是，会不会有一天，看到它，我连感慨都懒得去想。

• 三十，离收获还有季节，离成熟还有距离，这是个积蓄力量到一定阶段的当口，这当口还需要沉默，还需要坚持与守望，就像地下的笋，春的号角已然吹响，但笋芽还没有破土，还在地表之下，还需要一段日子。终于破土了，有的尽力向上拔节，结果长得细细长长，更有甚者，长到半路就哑掉了。只有那些继续着沉默与守望，继续着积蓄与奋进的笋儿，最终长成了粗壮挺拔的劲竹。

• 听人说，人有四等，次序如下：有能耐没脾气，有能耐有脾气，无能耐无脾气，无能耐有脾气。大家背地里越想越有味，越想越有这么个意思。这个没脾气是什么，我想就是和气吧。和气生财，和气生瑞，和气生福，和气生春，和气生人气。三十岁，距离它还是有点远。

边走边想

2003-08-22

8月里，一行人去宁波、舟山。行走于山水间，感想时断时续，故零星记录：

• 虽是老朋友，然散于各地，偶有小聚，亦行色匆匆。三日相伴而行，都颇为兴奋。话程长于旅程，消解了奔波苦累。我们都是平凡人，游山玩水也就是出去见见世面，乐一乐，世事烦恼与艰辛抛给车后飞扬而去的风尘。一起享受这几日没有羁绊的闲适，往后的岁月就可以走得踏实久远与温暖些。

• 去宁波，自然要去看余秋雨笔下的天一阁。关于范钦或天一阁的意义，无需多言。我们只是感叹一个朝廷命官不仅能收藏如此丰富的书籍，更有如此考究的私宅。按现在说法，要是某官能造出如此私宅，要惹出官司来的。好在那时天高皇帝远，交通又不便，范钦毕竟为后世留下一座难得的文化书楼，要是他全挥霍掉了，你能拿他怎样？

• 在宁波，很多店铺以"天一"命名。最有名的，要算天一广场。我们找不到广场，就问当地人。那人手一指，对面就是。旅途就是这样，好在可以问询。人生若碰上这般的迷惘，又该去问谁？不足三分钟，天一广场就出现在眼前，呈现的不仅是广场，还有深深的惊讶和柳暗花明的惊喜。不能不钦佩广场的整体设计。那晚我们在广场逗留很长时间，每一个角落都没错过，包括广场上那轮抬头即见的清晰的弯月。

• 没想到舟山竟有个白山。白山很空，翻完大山，只遇到三个人。艳阳高照。有人累得不行，就有人帮着拿东西。帮的人说帮别人很快乐，被帮的说被人帮很快乐，我说看着你们快乐我也快乐。回到了日常的生活和工作里，这样的心态还能呆多久，真不太能确定。

• 到舟山不能不游海，也只是在浅湾里浸浸海水。早知道海不属于温柔，却没料想人站于浅滩处还是没能逃脱海水入口的咸涩。海浪席卷而来，人若是还站得稳，大海就不叫大海了。我们被冲糊涂了，更不敢往深处游。后想这么窝囊，岂是男子汉所为，游上去。逆流而上，远处一个海浪正涌过来，把人托起来，立于浪尖潮头，但见海面波澜起伏，颇为壮观。奇怪，再没有海水入口之苦，随浪而行，只有深入其中的畅快，哪有刚才立于外围的犹豫、担忧。世间的事，都是开头畏缩，以至越做越糟，真挺身而上，投入其中，也就能另见一重天。在大海里，每个人都迸射出回归的天性，至今，我都无法忘怀那几张成熟的脸上的天真与肆意。

• 普陀山是佛教圣地。有一外地尼姑来此，遭本地和尚大声驱逐。尼姑走后，那和尚高谈阔论，现在很多寺庙无人看管，僧人都如这尼姑怕耕种而出来云游。我们总觉遗憾，遗憾这粗暴的一幕。那和尚的神情态度，与我们意象中的超脱谦和相去太远。佛叫人放下一切欲念，"色不异空空不异色色即是空空即是色"，"追求"这境界本身就是欲的表现，这真是一个伟大的矛盾。

我的小学老师

2003-09-05

常听同事们感叹小学老师真是"呒做头",学生考上重点高中,谢师宴请初中老师,考上重点大学,谢师宴请高中老师,小学老师,没份。三言两语很难解释。每议至此,内心里就会涌上一层愧疚:你去看过小学老师了么?

要不是我也做了小学老师,要不是我回到村里和小学老师做了同事,我想,我也可能忘了我的启蒙老师的。那时小学读五年,教我的老师恰好五位。一年级的老师姓金,女老师。第一天上学,父亲送我到学堂后,我跟着往回跑,金老师拉我回来,我哭闹着要回家。金老师关上门,我爬上窗户,从没棱没户的窗里往外跳。金老师只好把我关进了办公室,办公室有门,能上锁,窗又有棱。这以后,我定下来了。许多年过去了,我再没有叫过一声金老师,几年后,金老师离开了学校。父亲告诉我,那年组织教师考试,考了"三面红旗",金老师答了"党旗国旗军旗",应该是"农业学大寨"什么的。这属于严重的政治问题。现在,金老师是一个普通的农村妇女,放学回家的路上,我也能碰上她。我不知道她是否认得我,每次我都想叫一声"金老师",可每次都哽在喉咙口,我怕这一声叫唤会伤到老师心中的梦。二年级的老师也姓金,男老师。我曾和金老师在一个学校工作过,他的亲家又在我家隔壁,相见比较频繁。金老师开过一次数学公开课,最后一个环节,金老师叫我去板书,我也很有把握,那时我的数学是很好的，不知怎么就做错了，金老师很尴尬。金老师居然也记得这个事儿。其实，我一走下来，就知道错了，也知道怎么改，金老师怕我再出什么差错，就没喊我。

四年级，朱校长教。我们早听说朱校长很严厉。四年级的我，学习成绩不错，学习好的同学，老师总偏爱些。我也就没尝到朱老师的严厉，渐渐我也松懈了。一次课间，我和同学玩游戏，太兴奋了，太吵闹了，上课铃也没听见。朱老师从教室里出来叫我们，一脸怒气。我们被罚，站着听课。这两年我当班长，一直受着老师的呵护，这次，站得我直发窘。教我们五年级的老师，也姓朱，男老师。一次小测试，我得了140分，有两个附加题我也做对了，神奇得不得了。活动课，朱老师常喊我和他下军棋。老师也有输的时候，老师输了，我们就再来一盘。快毕业了，一个中午，我们讨论着还有一角二分的书簿款，怎么还没退给我们，我们担心老师忘了。同学让我去说，我也不好意思去，拿起粉笔在黑板上写：朱老师欠我们一角二分书簿费。就在这时，朱老师出现在我背后，我慌里慌张地拿起黑板擦把字擦去。朱老师早看到了，我等着他的批评。一个下午过去了，一天过去了，两天过去了，三天过去了，退款也早下来了，朱老师像忘了这事一样。他越不找我，我越不安，越诚惶诚恐，好像每天都有人指着我说：你怎么可以这么说老师。

教我三年级的是王老师。五位小学老师里，他是唯一一位师范毕业的公办老师。他住在学校，办公室的后半间就是他的寝室。那时的测验，老师油印在一个测验本上。一次，我们不知怎么发现王老师油印完后，蜡纸丢在办公室门口的一个簸箕里，几个调皮的学生偷偷把它拎出来，在墙上一印，嗨，题目出来了！大家偷偷去看，唯独王老师不知情。第二天早上，我一到校，王老师把我找去，说昨天有同学把测试题印到墙上了，不能用了，他连夜重刻了一张，现在马上印，印好后就考试。我一页一页地翻，王老师一张一张地印。每一个题目我都看得清清楚楚，可我不会啊，昨天看到了试题，我根本就没复习。一印好，王老师抱了测试本进了教室，我连一秒钟复习的机会也没有，那个急啊，现在还在心头爬上爬下。

89

两鬓斑白的朱校长退休了，满头白发的金老师退休了，二十年前教我的时候，他们正值壮年。看着白发，内疚无端地咬着我。写下这点文字，我只想告诉老师们，您的学生没有忘记。

村庄物语

2003-11-28

  稻谷熟了要由村庄运往城市，村人如我，缩紧肩膀也去挤城市的门。每一粒谷子赶到城市才知道，离开了大地也就失去了生命延续的可能。而我，幸好能穿梭于城市与村庄之间，时时聆听村庄物语，生命的天空得到大地纯粹的映照。

  •每次回村里，母亲总要把鸡群引来捉上一只。遭殃的是不生蛋的公鸡或偷懒的母鸡，母亲一边把咕咕乱叫的鸡反剪翅膀，拎在手里，一边骂上两句："谁叫你不生蛋！谁叫你偷懒！"在母亲想来，是鸡总要生蛋，不生蛋只有死路一条。这个道理真实而简单。不劳动不产出，要生活得逍遥自在，没门。鸡产了蛋获得生存，人因劳动获得尊重与尊严。不劳而获永远是不文明不道德的；没有人会尊重他们，除非别有企图。

  •母亲喂家禽，把手一扬，在东头洒了把谷，鸡鸭鹅们见状蜂拥上去，顿时场上一片混乱。有几只估摸自个儿没本事的，退在场边，装模作样瞎啄地皮。母亲见了，又向西头的弱势群体，洒了把谷子。东边外围没捞到什么好处的那几只，急匆匆赶过来，却被母亲挥挥手赶了出去。中国人信奉"老实人不吃亏"。两头受气的，是既不想做个老实人，又做不上强者的，就像在东头与西头间跳来跳去的那几只，别人看来是两面既得利益者，其实什么也没捞到，且落得个"两面派"的谑称。

  •鸡鸭鹅圈养一处，几个不同品种的家禽倒也相安无事。也有武装冲突，每个冲突都是发生在鸡群里或是鸭群里、鹅群里，而不大会是鸡鸭鹅之间的三国大战。这大概就是人们常说的"窝里斗"吧。鸡们斗时，鸭们和鹅们身处世外，悠然自得，边吃着食槽里的美餐边看着大戏。鹅们或鸭们斗，情形也相类似，真不知道这习性是不是从人身上学来的。

• 父亲要求杀了那只公鸡。那只公鸡太吵了，凌晨三四点钟就叫个不停。公鸡至死不晓得自己为何而死，我不是勤恳早起报晓么。它自然不会明白现在已经用电子钟、原子钟了，而它却还抱着那原始得不能再原始的所谓的一技之长，不思进取。不紧跟时代的脚步、不与时俱进者，当以此公鸡为戒。

• 女儿的面包掉在地上，刚要捡，我们止住了：脏了，不要了。数只鸡抢上来争面包。时光倒流二十年，这是主人都不敢奢望的食品。鸡们似乎并没感到幸福，抢到的，东躲西藏怕被夺走，没抢到的，四下搜索希望幸运来临。我想，它们的不幸是得到了这本不属于自己的东西，偷偷摸摸的日子最难过，就像亡命逃犯，哪怕是躺在皇宫里，也心惊肉跳的。

• 母亲说那只鸡又跑到前面那户人家去了，到夜里也不晓得回转。父亲说下次宰它。我们谁都没觉得怎样，而对那只鸡来说，却是它一生中最黑暗最恐怖的时刻。很多时候就是这样，当事者浑然莫觉，重大的决策已然出笼，无边的厄运即将附上身来。我们能控制什么呢，除了对那弱小的付出一点同情。

• 傍晚时分，母亲在灶边烧火，柴用的是桑树枝，树枝折成小节儿，再用几根稻柴捆扎一下，塞进灶膛。"硬柴要用软柴缚"，梁山好汉"硬碰硬"的时代已一去不复返，你为何还要抱着不知迂回的"愣头青"，孤芳自赏呢？

窗前语思

2003-12-18

- 近几日陪妻女看《还珠格格》。小燕子们行侠仗义，救下人贩子手里的小女孩，救出未婚先孕而要处以火刑的姑娘。世上有更多这样的苦人，他们得不到需要的帮助，但我依然感动。有了这群侠骨柔肠的人，世界因此闪耀希望与温情，苦人因此有了期盼。只要曾经有一个叫包拯的人出现，身有冤屈的人心头就有了一丝光亮。曾经的存在大于曾经的作为。雷锋的意义不只在于他曾经为人们做过那么多事，更在于有一个叫雷锋的人曾经存在，他曾经的存在，使世人有一种真实的期盼和美好的珍藏。

- 姨妈来城里。正是夏日酷暑天，坐在风扇下直流汗。我们力邀姨妈小住，隔天再走，房间反正空着，也有空调。姨妈执意要走，劝了一回再劝一回，还是要走。我们打趣说，金窝银窝真的不如自家的鸡窝啊。姨妈并不是嫌我们不亲，姨妈要走，内心里的理由怕还是那句老话：鸡窝里自在。人求的就是自在。混沌于世的我们，自觉不自觉地在以"自在"为代价，去换取其他的东西。姨妈回乡下，回自己的屋，热汗不断，舒坦并不亚于躲在空调里的我们。

- 朋友回老家，给我钥匙，嘱我给房子开窗通风。傍晚时分，天气不像下雨，又想明天还要开，今晚就不去关了。歇了阵，似有雷声雨声，到阳台看，天朗晴空，那声音空调发出的。半夜时分，电闪雷鸣，朋友那幢楼锁了单元门的，半夜里进不去。心急如焚，懊丧不已，只巴望着老天空吓吓人，光打雷不下雨。迷迷糊糊过了一夜，昨晚真没下雨。庆幸之余，第二日傍晚，想都没想就去关了窗。庆幸的事不会经常发生。守株待兔里，原是桩极好的事，那人回去就着兔肉温点酒。偏偏庆幸着庆幸，要永远庆幸，结果闹出遗臭万年的笑话。昨晚给我的教训，要想睡个好觉就得踏踏实实做人做事，投机取巧，难得一回，搞点刺激，添点新趣，或许未尝不可，把它当正事干，到头来怕永远没得安稳觉睡。

•一个黄昏，我看见一只乌篷船沿河而泊，一叶红烛，灯火朦胧，茂密的香樟树叶儿支出岸，铺向水面，盖住了小半只船。一个老汉盘腿端酒，就着收音机里糯软的苏州弹词对月小酌。我站了好一会儿。又一日，是个白天，遇着老汉。我打量他，双手粗裂，光着脚，脚趾头上有厚重的老茧，衣服不整，胸前一片水渍。老汉见了我，伸手去抓盆里的鱼，问买鱼不。那一刻我明白，最艰难的岁月里也有诗意的温暖，任何困境都不应也不能夺去心中那条婀娜的乌篷船。我买了鱼。

•去菜场买菜，看到门口摆着老农自家地里种出的蔬菜，我总要停下来，买上一点。没想买黄瓜的，现在买了；没想买丝瓜的，现在也买了。不是图新鲜，也不是图便宜。看到老农，我不能不想起我的父母。我的老家离镇远，从没卖过自家种的蔬菜，母亲几次叹息，要是离镇近就好了，卖蔬菜也能有几个活钱。我们种过不少白菜，父亲开了挂机船去城郊卖，我想父亲看到来他摊前买菜的人，一定高兴。后来我也知道，摆摊里很有些不道德的，我依然不改。我只是想以这样的方式告诉自己，无论何时，都不要忘记自己的根在何处。

•我对空调的品牌、价位不懂，只知道自己兜里有几个钱。进入新飞专卖店，他们说 LG 有什么不好；进入海尔专卖店，他们说海信有什么不好；进入海信，他们说新飞有什么不好。一些听都没听说过的牌子，他们说，这些厂家没知名度是不做广告的缘故，不做广告是要把广告费用让利给消费者。空调买回家了，我也不清楚究竟哪家好哪家不好。当时我想买个能够打四十平方米客厅的，听人说大两匹柜机够了，多少算正两匹，多少又算大两匹？有人说 45LW 是正两匹，52LW 是大两匹；有人说 46LW

是正两匹，48LW 是大两匹；有人说 58LW 才是大两匹，又有人说 58LW 是小三匹了，空调装到客厅了，这问题还是个问题。卖家说得含糊些，不透明，无非是为营利。唐·马奎斯说，最容易上瘾的毒品是钱。我很庆幸不是从事这样日日数钱的事，尽管我知道这很重要很有好处。

•此刻你就走在路上，不管是大道还是小路，是坚实的还是泥泞的，你想什么时候回头再走一次就再走一次，错过了一旁应该看到的，也不要紧，回头走几步，又能收入眼底。而聪明的你知道的，我们还走在另一条道路上，这条路一往无前、永不回头，每个人都只能在这条路上向前、向前再向前，谁也没办法回过头来哪怕仅有的一次，一秒，对，就一次，就一秒。这条路的名字叫时间。时间的路上我们赤手空拳，手无缚鸡之力，任其一去不复返。而聪明的，为什么我们还要把那么多的永不再来的时光，也是我们生命中永远唯一的时间的分与秒，消耗于愁眉苦脸闷闷不乐，消耗于唉声叹气横眉冷目，消耗于与他人为敌与自己为敌，消耗于种种勾心斗角心怀叵测呢？

祝　福

2004-02-04

　　几经周折，我又回到了老院里。老院还是老院，老马的花还开着，老孙的鸟也还叫着，黑瓦依旧，廊檐依旧，紫藤依旧。

　　这次我独自一人来住。这些年，我习惯于妻的持家，妻的照顾，自己沉醉到文字里去。我不记得什么时候买过菜，什么时候煮过饭，什么时候洗过衣。我不能不对妻说一声抱歉。妻说，说啥呢，夫妻么。搬回老院，妻不在身边，日子要靠自己支起来。妻知道我不大行的，和老孙老马联系，说早饭建刚在你们那儿搭个伙，不然，他这人有一顿没一顿、饥一顿饱一顿的。我厚着脸皮去吃。老马一早要去女儿茶馆兼面馆的店铺帮忙，早饭全由老孙照看，老孙很看重早饭，半年来，吃了白米粥，也吃了饺子、汤圆和面条。面条种类繁多，爆鱼面，牛肉面，蛋饺面，肉丝面，青菜糊面，我就这么安稳地吃过来了。头几天，衣袜努力地洗。实在忙，实在也几年没洗衣的习惯，一忙，该洗的东西全忘了。早上出门，傍晚回宿舍，衣袜干净地晾于檐下，一打听，是老马。钥匙备了一把放在老马那儿。真有这么一回，周一从城里赶回单位，匆忙中钥匙没带，傍晚回宿舍，摸遍口袋也没有。幸好老马那儿备了份。生炉子，老孙每日里的早功课。炉子旺了，水开了，总帮我泡上两大瓶子。老孙开门去我宿舍拿空水瓶，发现我衣袜没洗，顺手带出来洗了。这之后，老孙居然义务起我的洗浣。我说给妻听，妻说，你怎么能这样，过意不去的。我是个不大会说话的人，从没当面跟老孙夫妻说过一个谢字，一天又一天，老夫妻俩始终如此，从没把我的缺点放过心上。

冬日天气晴好，老孙老马想着帮我晒被子，偶尔我自己想着，也晒。而我不到太阳下山、夜幕降临，一般不会回宿舍。我们这工作，花五个小时能做，花十个小时也不够。一天傍晚，小雨中回宿舍，摸着蓬松松、暖腾腾的被子，忽然想起中午我晒被子了，下了好一阵雨，我一点也没想起晒在外的被子。谁收的，还用说。有时外出应酬，见我晚上八点未归，老马总要打电话问妻，是否回城里了。晓得我没回，叮嘱院里的人别把大门关了。后来，老马索性给我配了大门的钥匙。前几日，镇上来了爆米花的，我想着女儿该喜欢的，我又没工夫去候在那边，晚上同老马聊起，老马立即跑去河边问那家爆米花的，回来兴高采烈，说，行，明天他们不走，我帮你去。

住老院，那么舒坦，那么温暖。人活一世，草木一秋，图个啥呀，房子再大，睡一张床；名声再响，外面都是一张皮，里面都是一副肠。老院，给了我太多的东西。又一年了，心里欠下太多东西，堵得慌，写出来祝福老院，祝福老孙，祝福老马，祝福大家。

感　谢

2004-06-30

　　常在心底默默地感谢。

　　父母健在，我能以儿子的身份回到那熟悉得不能再熟悉的村庄，和父母一起吃顿饭，和父亲一起抽支烟，喝口酒。我也时常能以儿子的身份回到父母身边，享受父母的关爱，不论我飘到哪里，不论我长得有多高多壮，我都愿意做一回儿子，徜徉在父母情怀里。

　　我有妻有女，她们身体健康，妻子有单位工作，女儿有学校学习。下班回家，妻子在厨房做菜，女儿在书房作业。我们看着电视吃着饭，有时我们逛逛书店，走走公园，兴致来了，还拍几张照，留一点影。听女儿一声声喊着爸叫着妈，我们家里也吵也闹，可这些声音从来就是那么美妙。

　　巧了，我出生在这样一个和平的时代，发展的时代。巧了，父母又把我生在水土肥沃的江南。没有硝烟与战火，没有恐怖与斗争，我们有房子，也有为数不多的几个小钱，刚好能安静平和地在这个江南小城，过上普通而充实的一辈子。

　　我有正常人所有的喜怒哀乐，我的生活时时荡漾起生活的起伏、思想的涟漪，烦恼着也快乐着，悲伤着也感动着，心情好的时候能看云卷云舒，花开花落；心情糟的时候，能看泡沫剧、搞笑剧，也能躺在地上听贝多芬。

　　身边有一群朋友，我们谈人生，也谈生活，谈理想，也谈现实。喝杯茶也好，喝点酒也好，高谈阔论也好，默默相对也好，那么温暖那么滋润。也有的时候光着膀子上馆子，几家的小孩欢天喜地，洋溢着生活的气息，我想和朋友们一起到湛蓝的海边度假，美好的，我相信一定能实现。

我还年轻，还有那么多能供我好好享受的日子。无论是阳光灿烂，还是阴雨绵绵，或是雷电交加，我都好好品尝生活给予我的种种滋味，我都将以饱满的精神去呼吸大自然永不凋零的绿意。生命的词典里，我曾经写过种种不应有的语句，从此我将认真书写。

我们有稳定的工作，我们一家工作着，学习着，日子当作生活过，生活当作人生过。我发现，我对工作有了感情，我知道当自己用热情去对待工作时，工作也就对我有了热情，我很庆幸自己能及早明了，没有把自己淹没在铺天盖地的烦闷和抱怨中。

我们普通，普通到不用防备任何人，小偷光顾也不怕。我们像河流里的一滴水，一滴进入人群没人能辨出来的水，走在街上不用戴面罩，说起话时不用半躲半藏，防这防那。我有书读有电视看，我的日子不窘，我的精神不虚，每日里听女儿的哭女儿的笑，看女儿生气的样恼恨的态，我们一起背唐诗宋词，一起看杨红樱的小说，一起听阿杜的歌曲，远远近近的，闹些可爱又可恨的别扭，过段时日，又好得什么事也没发生。

真的感谢，我这么踏实地活着。

2005－2009 年

我与春天擦肩而过

2005-04-18

我不是个不爱春天的人。不只是春天里发生过生命中不能忘的事,对春天的期盼与热爱或许是人与生俱来的情愫。关于冬天的考验可以说得豪迈,豪迈后说,冬天已经来临,春天还远吗?搞到句末,还是对春情有独钟。我是个随大流的人,伪装出与众不同的样儿,骨子里却不敢逆流而上。谁不爱春天呢?那是一个温和、复苏、萌动、灿烂、湿润、多情的季节,春天有太多人性深处遗忘和人性表层追求的东西。对春天,我的嗅觉很灵敏,和所有母亲记住孩子的生日一样,我记住了立春的日子,这道出了我对冬天一厢情愿的抗拒,也多少透露了我对"天将降大任于斯人也,必先苦其心志"的某种不适应。但我确乎是从冬天里走过来的一个人,走过冬天,是想徜徉于春天,谁不爱春天呢?

不知道我是否属于虎头蛇尾或用心不专的那种,反正,进入春天我对春的感觉就不那么细致不那么浓烈了,这有点类似于钱锺书"城里城外"的说法。再次格外用心地注视春天,我的脚已落在夏的门槛上,这个日子叫立夏或小满。一回首,刚好看到春楚楚动人的背影,伊发上有些许的花瓣,肩上有零落的花香,走在花瓣铺就的林荫道上,往春的深处走,这一走就是一年的守望,我忍不住回想伊心醉的容颜,这才感觉到我的错误多么重大——我和春天擦肩而过了。这段日子我忙碌些什么呢?我当然在忙碌,可是,这样美好的季节,没有哪一天我放下了心头所有该盛着或不该盛着的杂什,像天真无邪的孩童一样亲近春天,没有哪一个春天的夜晚,我像童年的小河一样清洌地对着春月喝一杯暖暖的红茶。我失去了面对春天的时间?我失去了面对春夜的心境?我失去了面对春天的憧憬?我到底是怎样的陷身于庸庸碌碌的现实里了呢?我到底是怎样的用钢筋水泥把自己囚禁于春之外了呢?我不禁惶惶然而心颤颤了。

然而春到底无法抗拒,匆忙中我依稀辨得春的容颜,油菜花黄灿烂而香甜,春草发芽柔顺而青葱,俊俏燕子轻巧而优雅,蜜蜂与蝴蝶一路上都赛着舞儿……这些春的意象从熟悉的心底里流出来,带着庄稼拔节的声音,我想起了不经意间读到却再无法忘却的句字——城市没有冬天也没有春天。春天的家安在了清风送爽的田间,安在了溪水潺潺的山间,安在了清凉幽静的林间。而我,已经很少走在潮湿的泥土上触摸植物的气息了,我离祖辈感恩的泥土越来越远,我站在夏的边缘回望春天,就像回望我无法忘却的心事,就像回望我不再重来的青春岁月。

逃离冬天

2006-01-16

我对冬天的恐惧源于无法跟它抗衡。我的身体一次又一次被寒冷击垮，我不得不一次又一次往医院跑，不得不与药为伍，不得不伸出一个手，护士用酒精棉球仔细地擦了擦，又擦了擦，很凉很凉。护士不轻不重不带感情地拍打我的手背，熟练地捏住银针，轻巧地刺破表皮，针在我的血管里强行游走，全然不顾血管的痛苦，针后有一根细长的塑料管，上头有一个玻璃瓶倒吊着，瓶里是各种混合起来的药液，沿着壁管流，流到我的血液里，我的血液被药化了，我的人被药化了，我惧怕自己被药化。而拒抗冬天，药液是我的不能不呼叫的援助，没有药品的冬天多年前就警告我要弃我而去，我不置可否，它就动真了。我有点后悔，却只能守着英雄不走回头路的倔强凄凉着。挂水室东西两面有窗，天好的时候，会有阳光从西窗照进来，阳光里有药的味道，我不喜欢，但无法拒绝。日子要过，世事难料，那人是你不喜欢的却还得好好相处，那事是你不喜欢的却还得好好地干。

从初冬的一个日子里输入第一滴药液，药物的性能就会在体内维持一段时间。有一种叫青霉素的东西把我浑身上下搞得都是青霉味，洗发又洗澡，味消失了，体内的青霉素还会滞留一段时间。这段时间一过，像说好的，冬天里又会爆发一阵流感，我总不能幸免于难，九死一生，九死一生呵。医院里车水马龙，医生们穿着白大褂显得很卫生，很和气，很温暖，令人滋生出暧昧的错觉。我伸出一只手，药液一滴一滴地流进去。我把速度调到最快，滴滴滴滴，1234，数都来不及。我又调慢了，滴，滴，滴，滴，我又调至自以为适中的速度，滴、滴、滴、滴。这个游戏在漫长的输液岁月里很有必要。有一天我连这个游戏都不想做了，我知道这次够惨的了。

　　这样过冬的，除我，还有不少。自留地边的草蔫着脑袋，蜷着身子，脸色蜡黄，幸好根在泥里，有土暖着，寒风呼啸而来还能抱着根做会儿梦。那些树赤膊上阵，寒风里挥舞长长短短的手臂，风与寒从指间尖利地刮过，我想明白树的干干枝枝为何是圆的。没有一棵树想找一件衣裳，那些身上裹了一扎草绳的树们病了，寒冬成为无法躲避的困苦。衣服把我包裹得严严实实，我兀自败给冬天，看到树，看到草，看到田地里还很幼小的作物，我想到春天里的蓬勃以及美好。这些一声不响的物种一定是抱着这个美丽的梦与寒冬对抗。梦想，也许抵得过任何药液。

　　小雪大雪，小寒大寒，节气一个个走，日子一天天跑，这个时候，我告诉路边光秃秃撑着的树和蜷缩着的庄稼以及田地里的所有物种，冬要走了。它们没说什么，情绪同它们的根一样暗躲深藏。这个可爱的下午同阳光一样灿烂，春的号角由远及近漫过来。我站在一棵深藏绿意的树下，有一种解脱与自由的舒展，这个时候，冬已滑走。

玉兰花

2006-03-30

三月里，我见到这一团花。

我不知是什么花，我傻傻地问，人说是玉兰花。花很密，枝上枝下的，也白，有质地的白，不是雪白，雪太白，白得不真切，一上手就没了。这花，白得有生命感，生命的厚实感。雅，不高贵，亲切中透几分不容侵犯。不知道是哪种兰，枝干很瘦，瘦得有点憔悴，主干也不足寸，见筋见骨，不见力，似个瘦弱女子，却托起这般厚密的花来。我见着时，花正开得兴，大朵大朵，散着活力，又文文的，爱看不看的，独自开着。这块空荡荡的场地上，种了三棵树，一棵是玉兰，另一棵是玉兰，还有一棵也是玉兰，四周没有草，也没有花，只有灰色的墙，灰色的地，灰色的天空。花开得旺，旺得叫人想不出这股劲儿从哪儿来，又凭什么要有这股劲儿。

我止步。我不期然止步。我寻思止步的因由。哦，玉兰树上竟没一片叶，每个枝上，一朵朵全是花，没有叶，没有一点色的衬，整个枝上全是玉兰花，静静默默地开着，连个呼吸的波都起不了。我忽然觉得，种树人当初有意无意的选择，竟如此恰到好处——把她植在这块无争无吵的地上，不是天意又是什么？玉兰花，你听这名字，她就不应是繁华都市的女郎，这个名字，就应是小说里的江南女孩，穿梭于水乡幽幽的巷，有一缕发，抹过一丁忽远忽近的淡淡的香……似乎，我又无法确定于这样的描述，我的止步里总存有一种惺惺相惜的怜。一朵花开，或许不太难，但一朵花却开得这么寂静，这么孤独，这么不显山不显水，不争春不争俏，却又这么执着，这么有生命感，这么为生命而生命、为歌唱而歌唱，不在乎观众，也不耗散于观众，让人不禁惊讶于它的纯粹，似乎连叶都多余。我止步，只为命里头那份无端的默契。

　　风也来，雨也来，玉兰花无屏无叶，一切都得自己来，每一个花瓣上都凝着层淡淡的从容，我看到一片花叶凋落，曼妙如舞，无声无息。我不敢走近，我怕一加入，就破坏这份清绝的美。我就这么远远又默默地看，想，来生你要成为一株树，那就叫玉兰树；来生你要是一株玉兰树，那就将种子衔到幽幽的巷里。想，巷里很静，少有人来，有一日，雨来也好；有一日，风来也好；有一日，阳光来也好；有一天，什么也没来，也好。我把花当生命一样地开。

　　今生我就把生命当花一样地开，玉兰花一样地开。

年 味

2007-02-15

年,就要到了。

母亲已经在掸檐上的尘。一年的尘,可以挂得老长老长,就像你那牵挂了一年的心事,明滋暗长,日复一日,长发般垂到腰间。灶屋的家什盖上报纸,母亲用接了竹的掸子,右手在前,左手在后,来回地掸,掸得手酸,左手在前,右手在后,再掸。掸得报纸上灰黑灰黑的,灶屋像出煤人洗了把脸,还带着点黑,毕竟亮了不少。掸了一间,又掸一间,乡下人家,楼上楼下的,哪家不有个五六间,掸到日落西山,总算歇了。

大舅小舅,六姑七姨、八哥十姐的,年前约好请客的日子。年的日子是充实的,有条不紊的,哪一天到哪家去,中饭在哪家,晚饭又在哪家,那是早议好的。年上嘛,总要到各家走一走,吃顿饭,热乎的菜,热乎的话,热乎的人,那才叫亲戚嘛。远亲不如近邻,那话对,也不对。亲人再远,那是亲人;邻居再近,那是邻居。经年不见的远亲,那亲热劲儿,叫人明白什么叫"亲",什么叫"热"。老王家有个儿子在城里,春节,儿子回来那天,家里请客,亲朋好友一大群站马路上,边说边笑边等,那气氛叫"年",叫"亲",叫"热"。

年上的饭,有了足够的悠闲。一顿中饭吃到两三点钟,也是常事儿。中午的饭还在肚里热着呢,晚饭已在锅里香起来了。中午的酒还没醒呢,说出的话还带着酒香呢,晚上的酒已经给斟上了。不喝?不行,好不容易聚一下，年一过，咱兄弟也不知几时能凑到一块。人哪，活着总丢不了个"情"字，三句暖心的话一入耳，英雄胆跳了出来，喝，宁伤身体不伤感情，人活着，不就图个痛快，要个热闹。女人们担心男人，隔三差五地跑过来看男人杯中的酒。男人杯中的酒总不见少，话却多了起来，失了分寸，对着女人不冷不热地吼，端着的酒杯晃晃悠悠的，酒顺着杯壁往下流，也不知道是无意的，还是故意的。一觉醒来，昨天的烦恼忘得一干二净。女人洗着男人的衣服，发起牢骚来。男人这会儿没话了，端个椅子，眯着眼，坐在新年的太阳里，耳边是前村人家办喜事的爆竹声，男人想，老婆的话是要听的，今天再不能喝多了。你不喝，他喝，年依然是年，依然有男人们粗着脖子红着脸。年嘛，没有酒香，没有醉的糊涂，没有酒后的情趣，总少了点味儿。年，要有点醉醺醺的。

　　醉醺醺的年才记得住啊。前几日回乡下，遇见表哥堂兄的，讲起去年的醉事儿，记忆犹新。

　　表哥说，那米酒厉害，一可乐瓶，放倒了六个人。

　　堂兄说，姑夫从来不醉，年里不也醉了，当夜没醉，第二日醉，你说有趣不。

　　表哥说，要说那天，你没喝多少，怎么就醉了，我看你是不行喽。

　　堂兄说，我老？你别逞能，你不也醉？今年再喝，不比个高低不回家。

　　表哥说，比就比，谁怕谁。

　　我说，你们啊，喝了个倒，也是谁也不服谁。米酒我操办，来我家啊。

　　母亲告诉我，家里的两头猪已百几十斤了。自己养的猪，自己种的菜，喝着米酿的酒，年的脚步就近了。

　　你伸长鼻子闻，年的味道已经飘忽起来了。

　　你往路上张望，年依稀的身影已不再依稀。

香香的幸福

2007-04-17

那天下班回家,一眼看见那团雪一样白的绒球儿,这就是妻带回家的小狗了。小狗还未满月,走起路来,稚气地蹒跚,见了人也不怕,吃东西也不挑,女儿很喜欢,给它起了个名,叫香香。"宁为太平犬,不做乱世人",香香吃不愁,住不愁,窝里有棉被,一周洗一次澡,澡后的它,香香的。香香喜欢人逗,一逗,它就来兴致,绕着你小跑,你停,它也停,你走,它也走,走累了,支起后腿,直起身子,前爪儿搭在你腿上,眼里带点小妇人的哀。女儿趴地板上学小狗汪汪叫,香香信以为真,也奶声奶气地叫,瞧它那架式:前爪儿支紧,身子匍匐,仰着小脑袋,一级备战状态。叫了三两声,它忽地跳起来,摆出龙腾虎跃的气势,一会儿跃东,一会儿窜西,一会儿挪前,一会儿撤后,忙了一阵,见吓不退对方,回窝里休息去了。

香香也有受罚的时候。我们在它窝边放了报纸,大小便撒在报纸上。香香小,不懂规矩,东拉西拉,我们只好硬着心肠责打它,一责打,它就逃回自己的窝。每次,它一逃回窝,我们便不再计较;几次下来,只要我们一声呵斥,它就没命地逃窝里去。一次,它叼鞋子咬,妻一声斥责,它马上爬进窝,蜷缩着,一副可怜样。妻一动脚跟儿,它就抬起头来,妻走了两三步,它就从窝里溜出来。妻发现了,一声斥责,它又迅速逃回窝里,老老实实地假睡。说它假睡,一点不假,眼睛半闭,耳朵支直,一听到妻的脚步声，头慢慢地抬起，没有斥责的声响，找自己的乐去了。

一天，我们带香香去朋友家。朋友家也有一条狗，叫胖胖，黑毛，足有十来斤。两个小家伙见了面，倒也客气，你闻闻我，我闻闻你，算是认识了。没过三五分钟，熟稔起来，你追我赶，东奔西跑，跑了一阵，打起来。说打，实是闹，是玩，要真打，十个香香也不是胖胖的对手。胖胖让着小香香。香香挺可恶，居然钻到胖胖的肚子底下咬，胖胖又不好意思用胖身体压下去，无计可施，只得落荒而逃。

我们正在清谈，嫌它俩闹，就赶。清静了一阵，又念起它俩的闹，问香香和胖胖呢，找了半天没找到，俩小混蛋溜进卧室，躲在床底下吵得不可开交。香香小，还没给它吃晚饭，怕它体力不支，朋友备了饭食，怕胖胖来抢，饭食连同香香放到凳上。香香不吃，在凳子上呜呜地叫，边叫边目测凳子到地面的距离，测了一会，从凳子上跳了下来，安然无恙地和胖胖闹起来。胖胖得了个空，也不客气，把香香的饭食吃了个精光。要不，胖胖怎么会这么胖呢？香香也不介意，反正家里有吃的，是不是。回了家的香香，不吃饭，也不与我们搭话，一头钻进窝里，香香地睡去了。

香香随我们回乡下。住惯了套房的香香，一见到偌大的院子，一见到四通八达的房子，一见到空旷的田野和树林，傻了，忸忸怩怩地跟在我们脚边。我们忙着过年，忙着置年货，忙着请客做客，回过神来找香香，香香哪儿去了？香香在灶堂里，跟家里的老猫干上了。老猫都住了七八年了，哪把这么个小不点放在眼里，举起猫爪儿挠香香的脸，香香独生子女惯了，哪曾吃过这亏，退过一旁，汪汪汪地不知是哭，还是示威。

母亲嫌香香的白，不喜气，在它额上、背上，抹了红，白中带红。这个年，阴也阴、雨也雨的，白白净净的香香，才来三两天，灰不溜秋得不成样子。它不走水泥路，柴垛边、枯枝旁，钻来躲去。出门，专拣烂泥路走，已是早春时日，青草冒出了芽，小脚丫踩在上面，一定松软，舒服。场上有一只废弃不用的旧沙发，香香找准了窟窿钻进去，看你们谁找得着？乡下，到处是空间，每一个地方都是香香的天堂。香香不再绕着我们了，它有它的生活、它的天地了。香香脏了，香香不漂亮了，我问妻：比起住城里，香香哪儿更幸福？

　　妻说，乡下。

　　是啊，香香的幸福与城市无关，与漂亮无关。

　　香香的幸福，简单的幸福。

我的村庄

2007-07-09

回到村里,心头那根绷着的弦,被清风吹起了波样的褶,软了,松了,柔了。吸,深深吸,那田野里散发的村庄的味,那田埂上散发的村庄的味,陌生而熟悉的味,熟悉而陌生的味,一股脑儿涌进了每一个细胞里,细胞洋溢起来,热切起来,脚底轻快起来,眼,清爽起来,入眼的绿,有着生命气息感、触摸感的绿,绿到心眼里去的绿,绿到骨子里去的绿,凉凉又暖暖的绿。看到老宅,看到那棵挂满小桃儿的树,桃的大年吧,母亲已经用一根粗粗的竹,将不堪重负的桃枝撑起。也看到了那只蜷在东墙头的老猫,老猫还是那么瘦,还是那么沉默,它已活了十个年头,它的生活经历就是一部猫史,折射出猫的生活哲学。香香不满半岁,满场子新鲜,场子上的一个塑料瓶、一段碎木、一块类似于骨头的橡胶、一张红艳艳的包装纸,都足以逗它个半天。渴了,跑到井台边喝水,也不管什么水,洗衣服的水,喝;洗碗的水,喝;洗车的水,喝……香香没有一点城府,不知道世间的坎,老猫乜着眼,冷瞧着,不声不响。

村里的狗啊,猫啊,换了多少辈了,可它们依然是村的狗村的猫,它们晒太阳的姿态没有变,它们见到主人的姿态没有变,它们和村庄的纠结没有变。午后的阳光掠过树梢,浓浓淡淡地投到院里,场地上斑斑驳驳,有山水写意的雅兴。多年前画在泥地上、砖地上,多年后画在水泥地上,硬了点,少了写意的柔和力,只能将就。好在田野依然,绿地依然,村庄侥幸地保持着它的姿态。走在二十多年前天天走过的田间小径，我努力想和村庄保持一致。村庄说你的姿态已经不再朴实，不再平静，也不再舒缓。土地是能够感知我的脚步的，我的脚步里充斥着异味，我的脚步带去了柏油的气味，我的脚步带去了钢筋水泥的气味，我的脚步带去了挣扎的气味，我的脚步带去了惶恐的气味，我的脚步暴露了我在城市、城市在村庄面前的尴尬。村庄如故。村庄如故地接纳我。村庄指着那片泛黄的小麦田说，记得那年的笔的故事吗？我的脚步在田埂上徘徊，我的记忆在麦地里搜寻。我说，记得，记得。村庄指着那条小水渠说，记得那年的壳的故事吗？我的脚步在水渠上徘徊，我的记忆在水渠边搜寻。我说，记得，记得。村庄指着那棵瘦骨嶙峋的槐说，记得那年的纸的故事吗？我的脚步在槐树边徘徊，我的记忆在槐树上搜寻。我说，记得，记得。村庄不声不响，和老猫一样冷眼瞧着我。我抽出一支烟，给自己徐徐点上，清风里，烟散了，思绪飘了。我在村庄的怀抱里踽踽而行，我的脚步渐渐同村庄协调起来。我听见鸡的打鸣声，我不知道这打鸣声是今天的还是昨天的，村庄像母亲一样将我儿时的点滴藏在田埂上，藏在沟渠里，藏在河边的一棵棵老树的枝桠上……

老树的根藏得很深，每一条根都为某个人藏着一个秘密。我的根也藏着，我知道它在哪里。我走得有多远，村庄的根伸得有多远，村庄永远牵着我，挂着我，念着我。离开村庄，我就失去了村庄的舒缓，平静，朴实。失去它们，我的灵魂该往哪里去找家。我必须时不时地回到村庄，和满目满脚的土地一起，泥土是有洁净力的，泥土是柔和的、干净的、本质的、朴素的。当我看见竹林里打着瞌睡的鸡，当我看到河浜里刷着毛的鸭，当我看到小鹅们浑身脏兮兮地啄食埂边的辣椒苗，当我看到院前的那棵老树还老着，当我看到竹林里的绿竹还绿着，当我看到路两旁的草草叶叶都还草着它们的草、叶着它们的叶，我从城市的疲惫里苏醒过来，我从城市的空洞里踩到泥土的踏实，我从城市的坚硬里触摸到柔软的那一角。母亲的眼神牵挂地走过来，母亲瘦瘦的笑容满足地走过来。母亲说，房间打扫了，被单晒过了。城里只有灯光，没有月光，村庄的月亮早早挂上了树梢，不知是要和榆树说话，还是想听我和榆树说话。

　　蛙声四起，细雨般洒落到日渐坚硬的心上。这个村夜，我听到了我早该听到的声音，也明白了我早该遗忘的声音。我在蛙声中披衣而起。屋外，清澈的月光干干净净地醒着。

我的夏天没有理想

2007-08-27

下午两三点钟，毒日头萎下去了。扑通扑通，那边下河两个；扑通扑通扑通，另一边又下了三个。行，有伴了。

河里停着船，双手扣住船舷，用力拉，脚拼命蹬水，瞅准，一腿跨上舷，身子翻入敞肚皮舱内。毒日头折腾得水泥船满肚子火，猛地，来了个水淋淋的家伙，脚似落炭火上，呲着牙，咧着嘴，逃上船头，朝河里跳。水里的，不信，扳上船，烫得脚丫没地儿放，鱼上岸样，火急火燎。上了几个，后几个谁不上，谁孬。一个个咬着牙，露一手不怕烫的。几个乖巧的，落后头，上船偷着乐，炫耀着，不烫、不烫。那么多家伙，湿答答的，早把船上的火浇灭了。

去跳桥。桥板上跳不过瘾。桥有扶手，几个胆大的爬上扶手，一个跳，又一个跳，扶手是根老毛竹，风吹雨打，一把老骨头，经不起毛孩们折腾，喀，断了。

岸边有个小高地，小高地往下溜，比滑滑梯还爽，冲浪一般。你溜，我溜，一块地儿，溜得光，溜得硬，溜得滑，溜出欢声笑语。旁边有棵大柳树，凉着呢。忽一日，溜得正开怀，背上痒起来，一看，红了，肿了。不明就里，稀里糊涂。嗨，那溜得精光的地皮儿，有刺毛籽儿，恨不得扒了老柳树的皮，老柳树身上全是刺毛虫，谁敢啊。下水吧，水里舒服点，痒也轻点。这一泡，泡得身子发白，发胖，皮里全是水，一踩上蚌什么的，一阵疼，得，破了。

水里河蛤、河蛳多，有一种河蛳，长条形，取其壳，石上磨，顺着壳的形，磨出一个长条形的椭圆，口子极锋利，削老黄瓜用。黄瓜，夏天里最主要的零嘴儿。自己家没老黄瓜，上人家的黄瓜棚去。那壳子成了时尚。比谁的成色靓，比谁的壳的口子磨得大。壳屁股上要钻一个小洞，穿上根线，挂在裤兜。有几个美轮美奂的壳，都死在那个小洞上，一钻，叭，碎了。没关系，再来，水里有的是河蛳，夏天有的是时间。

木桥在竹园北。桥两边各有一棵树，一棵是老槐，一棵是小楝，桥南是个阴凉的好去处。河东西走向，人家沿东西住，桥处村中央。带上一个河蛳壳做的削子，拿上一根老黄瓜，桥头一坐，阳光细碎地从竹叶的缝里晃出来，一点也不张扬，一点也不像夏。人来了好几个，不想下水，玩桥。此路是我开，此桥是我修，要过此桥去，留下买路钱。哪部电影里学来的话？楝树叶子就是钱。摘的叶要跟守桥人手中的一个样，一个样就是自己人，就能过。我们不知道世上没有两片相同的树叶。关系好的，过；不好的，近几日闹别扭的，不过。

打球去。带木球拍的喊。谁家的水泥洗衣板最长，最阔，心里有数。冲着一个地儿跑。跑早跑晚都一样，谁手里有球，谁手里有拍，就是爷，就得听他们的。两人各持一木球拍，没球；球，另一个人手里。或剪刀石头布，或打三个球，谁输谁下；或提个小要求，好伙伴和自己一帮。水泥板再长，再阔，终究用来洗衣的，能有多长多阔呢。琢磨起门来。门比水泥板长、阔。走，上家去。门用榫子上，容易下，往上一顶，往外一拉，下榫了。两扇门抬上八仙桌，居中各竖一块砖，横上一根竹，这下过瘾。

小学校屋顶上有很多麻雀巢，巢里有蛋。小学校是一幢低矮的平屋，屋旁有棵老柳树，顺着柳树爬上屋。找不到鸟巢，就在顶上翻瓦棱，期望从瓦棱里翻出几个鸟蛋来。我不知道会有哪只麻雀，吃饱了上屋顶搭巢，人家说得有鼻子有眼，硬是没找着。扫兴而归，一身臭汗。早着呢，游回去。从小学校到村里，好几里水路，不怕，或凫水，或躺水面，或拉船搭一程，凉爽到家。开学，下起了雨，小学校屋顶上哗啦啦地漏下雨来。漏雨是常事，桌椅拉到没雨的地儿就成。这次不同，东南西北，全漏。我故作镇定，不敢言语。

薄薄的几页暑假作业早做完了，做或不做，做多或做少，凭良心。老师也不管，大人懒得管。夏天昼长夜短，光阴一把一把的，一整天没事儿，你怎么过。

我的童年，我的夏天，父母没给理想，老师也没给理想，只给自由。我们像一群野马，疯狂而自在。工作了，书到用时方恨少，后劲不足，暗自后悔；年长了，想，那才叫童年，那才叫夏天，又暗自庆幸。

我的生活哲学

2007-09-27

人活世上，不只靠脊椎撑着，也靠脊梁挺着。缺失脊梁，脊椎再好，活着也疲软。日读王蒙，借他老人家的书名，聊我的生活哲学。

要有点钱，不要太多。没钱也能活。马克思穷得连邮票都买不起，孩子生病看不起医生，就这么个人，名字写入中国共产党党章。曹雪芹穷得有上顿、没下顿，破茅屋里写了本书，中国人一代代研究去，连研究那书的也成了专门的学问，叫"红学"，作者呢，四十岁上走了。"天将降大任于斯人也，必先苦其心志，劳其筋骨，饿其体肤"，我背得出，却依然想有点小钱，上个馆子，转个园林，七亲八眷遇上个事，出点儿力。思量半天，我乃凡人，不是上天要降大任的那个人。有点钱不是错。铜钱多，放着，会发霉，生铜臭。信用卡不发霉，不发臭，却也不想多。多了不用，跟没有一个样；用，得想花什么，怎么花。财多足以累人，花钱得搭上时光，是个男人，谁喜欢一天到晚逛商场？

要有点闲，不要太多。人活着，不能老为生计忙，老为工作忙。总要有点闲得无所事事的时光，就像小时候，一个人在午后的村里走，找不到一个伙伴，不知道伙伴们都藏到哪里去了，一个人在宁静的村里有一搭没一搭地走，时间像村里的阳光一样，大把大把，花不尽。要有点空，和朋友拉个家常，和父母说段陈谷子往事，绷着的心，能松下来小憩。有了闲，才有闲情，有了闲情，才有逸志。也不要太闲。人来世上多不容易，来到江南好地方，更不容易。总要做点事，做点留痕落迹的事，不说大痕大迹，小痕小迹总行吧，哪天你想马克思或曹雪芹了，家里人也能从小痕小迹里找点想你的依靠。要做点事就不能太闲。闲和惰不是一回事，可你一不注意，它们就偷梁换柱。太闲了，太有时间了，到头来一事无成，这档子事，多。大多是忙的，小些是闲的。像我，上班忙，忙个不停，早上，天阴着，下午，天亮堂了，我不知啥时亮的。小部分我是闲的，读自己的书，想自己的文。大部分的忙，给了我小部分的宝贝的闲，闲得好，闲得美，闲得味，闲得色。

要有点秘密，不要太多。光明正大的人没有秘密？这话若成立，我就不是个光明正大的。我有秘密。有些话我知道，我不能说，说了对不起朋友，对不起自己，这样的错，早先我犯；得藏着。有些事我想说，可找不到能说的人，我只能让它窝在心里，活着你就得有不能做的事，不能说的话。人是有秘密的动物。哪怕夫妻，也应该保持微妙的距离，以及该有的秘密。秘密，也是一种魅力。一个人里里外外一览无遗，往往也就让你失去兴趣。发现新见，寻找不同，也是人的本能。秘密要有，不能太多。多了压得你喘不过气来，短命。人是群居动物。聚一起不一定是朋友，是朋友不一定能让你说出秘密、释放压力。知己难求。没有可倒心里话的人，那就说给自己听，拿起笔写下来，穿个马甲发网上，只要不犯法，不触犯他人利益。写下来的时候人就舒服些了，笔，好比在闷罐车似的心头，戳了一个能透进凉风的洞。

要有点才，不要太多。没有点才不能立世。要赶早学门手艺，挣点才，弄点能。活一把年纪了，一天到晚还在为生计忙乎，不行。一辈子大几十年哪。学点立足的本事，不超过十年。十年磨一剑，过来人的肺腑言。十年，换后几十年的舒心，这笔账谁都会算。我也得劝你，十年习得一本领，够了，不要贪，不要老想着触类旁通。才多了，能多了，你的累也多了，能者多劳，现世的真理。没办法，谁叫你能呢？能，不求多，业，不求大。太大，太能，你成了"能"的奴仆，"事"的奴仆。

要有点名，不要太多。江上千帆争流，熙熙攘攘，皆为名利往来，没错。不为名，人就活不出点血性和义气来。人，要为点名，才有义举，才会散尽千金而不顾。人要脸、树要皮。一个人连脸和皮都不要了，算个什么东西？要有点名，正名正节，为这，做点事，也拒绝点事，太阳顶在头上，月亮挂在天上，老天看得清哪。也得提个醒，不必为名而名。吴敬梓笔下那个少卿爷，有点过头了，为着侠名，不管啥人，说句好话，大量银子打水漂，名得迂了。名，也得花钱花力花心思地养着，不养，名就落。名到这份上，也就是个累。恋它作啥。

人到中年

2007-12-20

晚上，阿弟打电话来，急咻咻地说："阿爸被撞了，你快开车来，送阿爸去医院。"

我拉了妻开车回去。半路上，阿弟打电话来，说阿爸已经送医院了，叫我挂好急诊。我调头，奔医院。

父亲被堂哥、表哥抬下来。父亲一点神都没有，脸色刷白，赤着脚，光着上身，紧闭着眼，蔫了一般。

医生说先做CT。阿弟留下等片子，我们推着父亲去拍胸片。

胸片室没有人。护工打电话，还是没人。急得我们东蹿西跳，却也不知道哪里找人。人来了，拍片时，那年轻人一会儿叫父亲这样，一会儿又说要那样，我们抱着没有一点气色的父亲，转来又转去，父亲难受，我冲年轻人发火："你倒说清楚，到底该怎么坐、怎么拍，这是病人，同志！"

再回急诊室，CT出来了，枕骨骨折、左侧硬膜下血肿、左侧额叶脑挫裂伤。医生说要住院。到住院部，值班医生说要住重症监护室，6小时是危险期，24小时是次危险期。我和阿弟留下来陪父亲。

一早，妻来替我，叫我回去洗个澡，睡一会儿。我心里不住说，妻好。

阿弟有两台车床，帮人加工半成品。这些天恰好有一批急货。我和妻正好暑假，父亲就由我俩照顾。我去，带上笔记本，有个书稿想在开学前敲下，一上班，没有成块的时间用。

妻来照顾父亲，我就跑派出所。

肇事者是个19岁的男孩。男孩骑电瓶车，不知怎么的失去方向，撞父亲身上。其时，父亲不在公路上，在公路一侧的小路上。责任再清楚不过，处理也明白不过。不巧，那天来现场的警察出去培训了，也没有移交好材料，推诿了一阵，才落实了一个人。那男孩的父亲来医院看了我父亲，说得挺好，医疗费什么的不会欠的。第二天变卦，放出风来，他那男孩没撞人，是我父亲见车子来，躲避不及，自己摔了一跤。

母亲很着急，怕人家赖。我说不要急，我去律师那儿咨询，再给你答复。咨询过后，母亲才稍放了点心。

七忙八乱的，好在父亲恢复得还不错。父亲出院了。

父亲出院的第二天，正是我们上班的第一天。

才过两三天。大舅子打电话来，侄儿打篮球，腿骨折了。

一年级起，侄儿吃住在我们家，谁叫我们双职工教师呢。侄儿现在妻的学校，住校。初三，落不起功课。腿骨折，上大号是个大问题，学校没抽水马桶呀。只能住我们家，早送晚接。妻在小学部工作，小学部与初中部的作息时间不一致，初中部有早自习和晚自习。早上，妻5点多起来给侄儿做饭，6点多送侄儿去上学，6点半侄儿上早自习。早自习老师要讲题目，落不得。

一家三口的节奏全乱了。以往，没个老人帮衬，有点累不过来。农闲的时候，母亲来住上三两天，做顿饭，洗点衣，拖回地。父亲病了，母亲自然过不来。侄儿要接要送，开学初事儿又多，光七计划八表格够你忙得团团转，只能上紧了发条，冲。

侄儿的腿快没事了，苦日子快熬出头了，中秋前两天，盘算买些月饼中秋晚上回乡下送七姑八姨。阿弟打电话来，说："阿爸干呕，浑身无力。"

阿弟一说病状，我脑子轰地响了一下。果然，两侧额颞顶慢性硬膜下血肿，左侧已到了非动手术不可的地步。

手术前，母亲拉我到一角，要我给医生塞红包。我做这事儿不在行，拖了下来。医生也说了，这不是什么大手术。父亲2点进手术室，到4点半还没消息。母亲急得不得了，话里透出后悔没塞红包的意思。我也后悔。要真出了啥差错，我怎么向母亲、向父亲交代？

还好，手术顺利。

母亲晓得我们忙，说饭菜就医院定，不要我们送。真的忙，7点半去学校，晚上5点半回，10个小时，马不停蹄地干，还有做不完的事。中午真的没办法了，晚上一定送，要不然，儿子住县城派啥用呀。

一次去医院，邻床的阿姨告诉我，母亲中饭的菜只买了一块钱的粉皮咸菜。晚上说什么都要送饭，送的时候，多送点菜，母亲吃不了，放着，医院有微波炉，转一下能吃。用微波炉不出钱。

国庆节，父亲出院。

那肇事的人家没打一个电话来，也没有一点声音。母亲急了，说那人家有关系。我说，别急，这点钱我们垫得起，打官司，有我，有法呢。

父亲闲不住，中午睡了一觉，几次要去他的那爿小店。我不允许，你的病要静养，绝不能去。父亲老了，老小老小，老和小一个样，听不进去。只好联合起母亲。

回县城前，几次三番叮嘱母亲、叮嘱父亲，要休息，要静养，田里的事，该荒着的就荒着，人最要紧。

回到县城，洗了个澡，发觉胡子老长没刮，黑黑，长长，一脸的中年相。人生七十古来稀。都奔40了，上有老、下有小，肩上压担子，头上顶日子，只有到那份上才明白。刮了胡子，露了点年轻的尾巴，心里却默念着，人到中年了啊。

城市与我

2008-04-28

　　裤脚上的泥巴还未脱落，便迫不及待地住进了城市。城市于我高不可攀。我住进城市，住进一个曾经的向往，一个精神向往的拥有。拥有的背面是消失，梦想的消失，唯美的消失。城市指着泥巴嘲笑我的土气。城市是巨大的，城市是强悍的，城市没有森林，城市没有密集的菜秆子，城市没有金黄的菜花，城市让我无处可逃。我想念泥土，想念剪刀草，想念打官司草，想念槐树和白漾塘，想念田埂上的行走，想念天马行空的思绪。大地博大而谦卑，她温情又默默地注视我，宽容我，给我勇气抬起头颅思考天思考地，思考满天的繁星以及河流的流向。城市狭小而迷幻，他不承认自己的狭小，不承认自己毫不节制的强权，城市在制造迷幻的时候先把自己给迷失了。我住进城市，城市给我彷徨。我怀念村庄，村庄给我逍遥。

　　我低头寻找来路与去路的痕迹。我找不到痕迹，城市僵硬得不给任何一个柔弱的个体以印证自我的权力，城市的话语权在它，不在我。失去柔和的泥土，城市愈来愈坚硬。城市的盔甲和螃蟹一样，城市的行走横行霸道。它不问村庄的意愿就将村庄一片片吞没。村庄的性格是泥土，城市的性格是水泥，是钢筋，是钢筋混凝土。大地的胸怀是敞开，是包容，是与星空的谈话。城市的每一寸泥土都被浇铸，城市用钢筋混凝土将大地覆盖，以另一个强悍的形象向天空侵占，向天空宣战。城市无所顾忌，城市任意而为。没有谁敢审判城市。城市就是法官。城里我看到一棵树，枝干粗壮，却没树冠。找不到引以为傲的树冠，树在举目无亲的城市里哭泣。没人听到它的哭泣。我听到了。树看见我裤上的泥巴。树说，它生活在村庄，它生活得好好，一茬又一茬的孩童在它怀里欢笑，一只老猫时常爬到它手臂上挠它痒痒。黄昏，它刚昏沉地打个盹，就被一个冰冷强硬的家伙弄到这里。树说，这里没有猫，这里没有人乘凉，这里的我灰头土脸、蓬头垢面……城市自以为洁净；城市本身却没有洁净力。城市的洁净来自外人的收拾。这让城市放纵。村庄的洁净来自村庄本身，这让村庄心存顾忌和自我收敛，这是我对村庄一如既往的信任。

城市的阳光照不进窗台，窗台上投射而来的是高楼的阴影。我生活在城市之中，我生活在阳光之外。我匆匆上班，无暇顾及朝阳的悠闲。我在灯光里悻悻下班，城市没有月光，只有灯光，灯光将月光赶出了城市。城市没有星星，霓虹灯妩媚着天真与纯洁，比星星更撩人。城市的上空笼罩着人工的迷幻。人工的迷幻在自然与星空面前沾沾自喜。自然在城市只是点缀，星空被城市排除在外。冬天的城市和夏天的城市、春天的城市和秋天的城市没什么区别。城市让人迷失在季节里。城市不知道春发和冬藏，也不知道夏种和秋收，这些于城市是形而上的概念。城市忘乎所以。城市没有鸡鸣，只有车鸣，没有犬吠，只有人声鼎沸。城市失去了安静也失去了内在的力量，喧哗只能是生命的外在，喧哗只能是个体惧怕孤独的外强中干。喧哗之外的冷清与从容、独处与幽思能将人推向人，能将人成为人。村庄的鸡鸣是安静的，村庄的犬吠是安静的。村庄保存着原始的安静。城市对着村庄的原始指手画脚。原始不等同于落后，城市不知道。

我不认识对门的人，对门的人不认识我；我不知道楼下是谁，楼下的不知道我是谁。彼此陌生，也就彼此伪装，陌生与伪装造就了城市化的包容。你与城市耳鬓厮磨，你就能发现城市正被一堆虚伪的建筑占领。虚伪具有强劲的腐蚀性。虚伪披着文明的外衣，虚伪就是文明。虚伪和文明是邻居，既分隔又互相勾结。城市的花真的像假、假的如真。真与假在城市里是一个永远要当心的命题。村庄在城市面前弱势，城市在村庄面前强势。村庄之前，大地只有大地；城市之前，大地只有村庄。城市是村庄的后辈。后浪推前浪是历史的必然，后浪蔑视前浪，后浪对着前浪呼来喝去，是文明进程中的丑陋。

裤脚的泥巴日渐脱落。镜中的我和内在的我正背道而驰。村庄赋予了我什么，城市赋予了我什么，矛盾交织起来、冲突起来，我却想不起来。我抱着残缺的村庄印记行走于城市，耳畔是呼啸而过的车流……

"H"时代

2008-07-09

我终于有了属于自己的收音机，那种迷你型收音机，能放在口袋里，单孔耳机塞耳朵里。那是上世纪80年代，我再三恳求外加达成劳动协议而得到的礼物。花季、雨季，追着电台听高胜美、千百惠。大街上喇叭裤长头发的男青年，单手骑车，单手拎四喇叭收录机，满街都是甜美得青春撞阳光的歌声。过两三年，上世纪90年代，我得大病，痛苦和无聊调成的酒，难喝。表姐结婚不久，嫁妆有一台录音机，父母去借来，给我解闷。过五六年，我结婚，置了录像机，婚礼拍的录影带，放了一回又一回，你看，我看，稀奇又喜气。录影带放久会受潮，画面会模糊，放不出，又将录影带刻为光盘，播放光盘得有VCD机，又添VCD机。那时候，我迷上写点小文，小时候字没练好，怕编辑笑话，动了电脑的念头。香港回归一年多，我拥有了个人电脑。光盘里的结婚影像，能复制到电脑上，放一万年看十万遍也没问题。过不久，由村小学调到镇小学教书，电脑也搬去，寒暑假又搬回。配置机经不起六七回折腾，常出毛病，几次三番麻烦人家。一狠心，买了台笔记本，进进出出，背个小包就成。

村里的五金厂给人家加工零件，零件加工了，货送出去了，钱拿不到，拉回一批黑白电视机，什么牌子，早忘了，反正没什么名气，不妨称之无名牌。上世纪80年代，黑白电视机在农村市场广阔。浜上没有电视机，为了看金庸的"射雕"，我得跑到外村有一搭没一搭地看，看得做梦都想着黄蓉小丫头。五金厂拉回的电视机比市面上的便宜百十来块，父亲和浜里的叔伯去现场看货，觉得还行，喜滋滋各抱了一台回家。那时，农村就是从12吋黑白电视里有滋有味地看费翔的，费翔边唱边舞的热劲儿，血液膨胀了味觉，吃什么都有味，有劲。我要结婚了，流行的彩电可真贵，一年收入捐给了索尼。现在在吴江安了新居，买了背投，母亲从乡下来一看，说你们放电影哪。才骄傲了三两年，薄薄的液晶电视疯狂上市，价格一跌再跌，都跌破我那台笨重得吓死人的背投了。

　　小时候没有电风扇，父亲把床安在竹园里，那里阴凉。农村，电不正常，时有时无，无胜过有。电也贵，家里用的都是10瓦15瓦的灯泡，橘红橘红的。电视里有为数不多的广告，"菊花电扇，清凉世界"的广告词，这辈子都忘不了。父亲托跑外勤的舅舅买了一台摇头电风扇，声音很响，风力很足，像头哼哧哼哧的老黄牛。电风扇能从这间搬到那间，必要的时候，这家能借到那家。吊扇在咱浜时兴，快上世纪90年代了。有了吊扇，才觉出它好，一屋子人，不管你在哪个位子，都能吹着，都凉爽。上世纪90年代末，乡下家里装了空调，每到夏天，女儿去请母亲来，睡我们房里。妻说，反正开着，多睡一个人少睡一个人，费一样的电。如今，阿弟家、父亲的那爿小店都装空调了，浜上人家都安空调了。

　　寻呼机别在腰间，挺神气，偶尔响起来，更神气。寻呼机响，上班还好，单位有电话，下班，那真叫麻烦。一天晚上，寻呼机响了，一看很陌生，不理，也没法理呀，我到哪里去找电话？村上没有一户人家有电话。隔一阵，寻呼机又响，半个小时响了四次。憋不住了，赶到村大队部，找到看门人。电话那头是老丈人，妻要生了。为这事，妻没少跟我唠叨，你怎么这么慢啊，急死人了你知不知道。女儿出世第二年，家里装了电话，花了好几千块钱，顶得上我大半年的工资。搬到镇上后，住单位宿舍，装电话吧，说不定哪天搬出去了，不装吧，实在不方便。有同事琢磨着买手机，一咬牙，一狠心，买吧。一分钟五毛，双向收费，接电话都战战兢兢的，哪像现在，手机烫得要烧了，照样聊得优哉游哉。小灵通出现了；移动也好，联通也好，资费大降价，单向收费成为现实。手机功能多了，能照相，能录像，能手写，价格却一天天往下走，换手机，跟穿新衣一样顺当。

在村里混了两年初中，初三得到乡里读。到乡中学有十多里路，要骑自行车。上世纪80年代买"永久""凤凰"大概真的要有点关系。父亲给我买了辆崭新的"永光"。"永光"的本义怕是"永远光亮如新"。家乡话里，"永光"和"用光"一个音，用不了多久就光就完蛋。我欢喜不起来。十年后恋爱，女朋友住镇的最南端，我住镇的最北端，丈母娘说，只怕路太远。东拼西凑买了摩托车。速度缩短距离，我将女朋友更名为老婆。又过十年，家安在吴江，上班在另一镇上，算算手里的余钱，买了汽车。汽车从乡下的家里——镇的最北端，到妻乡下的家里——镇的最南端，不过几分钟。一次，妻笑问她妈：还觉得远不远。可爱的丈母娘笑而不答。

朋友说，这时代我什么都想换，什么都得换，除了老婆孩子。话说得有点绝，却也实在。这是个"换"时代。"换"的拼音的第一个字母是"H"，姑且称为"H"时代吧。

贵 人

2008-11-15

一次，我去找朱老师。穿着挺括制服的门卫问我，有没有预约。我这才回过神来，我要去见的人，是苏州市人民政府的副市长。我们总"朱老师、朱老师"地叫，朱老师的市长身份倒淡了。不是每个人都会在你的关键时刻遇到关键人物。我很幸运，在我立志不做教书匠的时候，遇到了朱老师。奶奶活着的时候告诉我，遇到贵人你的命就变了。

从来没有想到，能和苏州市的副市长如此近距离地坐在一起；从来没有想到，作为一名默默无闻的农村青年教师，能够得到苏州市分管教育的副市长的鼓励，能够面对面地将自己对一线教育的稚气的看法，与副市长坦诚相述。而我对面那位真诚睿智的副市长，像一位和蔼的导师，微笑着点头，微笑着说"好啊""不错"。就像父亲见了村长腰会塌下去，秉承着地道农民血统的我，从来没有想到会在一位政府官员面前如此平静而又充满激情。我从来没有如此近距离地看到政府官员如此从容地将微笑传递得如此充分与长久，也从来没有看到过哪位政府官员能够以如此肯定、鼓励及期待的言语和眼神，对着一群仅有一腔热血的普通教师。当你真切感受到身边有这样一位政府官员如此关注着教育和教师，你身上的教育激情不能不被点燃、燃烧，想发光，想发热。我告别一切浪费时间的陋习。我把教育从谋生的工作变为事业的追求。朋友们说，朱老师又在演讲中提到你；朋友们说，朱老师又在给你作宣传呢！人的潜能真是巨大，2002年与朱老师见面，2005年出书，连着三年，我出了三本书，引起一些反响，朱老师问我有什么写作、研究的打算，得知我又在写一本，说，出版社应将你的册子集起来出系列，有机会我和出版社说。我当然知道自己的深浅，并没有这样的奢望，但朱老师对年轻人所寄予的厚望，对年轻人不遗余力的帮助，依然令我深受感动和鼓舞。

一天，我独自在乡间田埂上散步，回家一看手机，未接号码一大串。选一个拨过去，是镇上有关领导，说朱市长找你很久了。朱老师陪客人到古镇，想起我来。我从一长串急着找我的电话里，看出了一位苏州市副市长在地方官员里的分量，我从地方官员对我略含责备的口吻里，也掂量出了苏州市副市长的分量。我不能不感动，也不能不奋发：我眼前是一双怎样慈爱的关注的眼啊。我也看到一群又一群教师在朱老师的鼓励与激励下，从一名教育的浪子成为一块教育的金子，有人说是奇迹，有人说是宣传，我说这是巨大的事实。今天的教育承受了太多重压，太需要真诚的鼓舞和激励，学生是，教师也是。朱老师真诚睿智、和蔼亲切的笑，朱老师对一线教师的有些纵容的鼓励，不只我难以忘怀。

只要有更多的教师爱上读书，教育的很多老大难问题就会迎刃而解。朱老师正是一位极力呼吁读书的学者和政府官员。我的童年没有书，我的初中没有书，我的师范也没读过几本书。我对读书的认识仅止于考试需要和总结需要。这样肤浅功利的阅读在朱老师的言谈里瓦解并得到重构：一个人的精神发育史就是他的阅读史；一个民族的精神境界，取决于这个民族的阅读水平；一个没有阅读的学校永远不可能有真正的教育；一个书香充盈的城市，必定是一个美丽的城市。我是在做了十年教师后养成每日阅读的习惯的。是什么让我坚持阅读？我坚信朱老师的"阅读改变人生"。朱老师对没有时间读书的人说，没时间始终是托词和借口，想做的事，就会有时间。他自己正是这样做的。他在飞机上读书，他在火车上读书，他在半夜里读书，他在清晨的静谧里读书。我在朱老师的博客里看到他撰写的一篇篇书评，他的阅读涉及政治、经济、哲学、佛学、教育学等等，这在读了朱老师编著的《阅读，从心开始》，有了更深切的感叹与惊叹。我家里的书就是那时候添起来的,像燕子垒窝般一本一本搬回家,六七年下来也有了近千册,为此有点沾沾自喜。及至到朱老师家,一看用书装饰起来的客厅,才知道千册书在一个真正的学者面前的渺小,才知道书无止境、学无止境的现实注脚的魅力与震撼。

很多人都和我一样清楚记得朱老师的"成功保险公司",只要你每天写千字文一篇,坚持写十年,确保你从默默无闻的教师成为一位成功教师。"成功保险公司"给教师提出的实现成功的路径和品质并不新鲜,叶澜教授也提过类似观点。令我感动的是,一位分管教育的副市长、一位博士生导师,居然想出以这样的方式来激励教师,来点燃教师渴望成功的激情与梦想,其间蕴藏的对教师的殷切关怀和期望,何等地用心良苦!一日,朱老师问我:我拉拉扯扯将每日生活写出来有没有意思?我在朱老师的博客上留言:我为什么总要到这里来,因为这里总有着教育的激情与梦想,总让人升腾起一股教育的理想和信念。作为一线教师的我,坚持每日读书、写作,忙累时也想偷懒,但一到朱老师的博客就会责备自己,你为什么停下来?你比朱老师还忙吗?我知道朱老师的不少文字是见缝插针写成的,我知道朱老师的不少文字是从自己的睡眠中争抢而来的:朱老师信奉"睁眼即起床",很多时候,凌晨五点就能在"教育在线"邂逅朱老师。为什么我能坚持不懈地写下来?为什么我能坚持不懈地用笔记录我的教育、改善我的教育?因为我找到了推动自己内动力的核榜样。我不敢说自己取得了成功,但我敢说,我对教育人生价值的认识发生了蜕变,我找到了教育在我此生中的位置,我的教育人生从此不再浑浑噩噩。我的教育行走注定了我的教育从容,我的教育人生的导师注定了我的教育行走。

一次,我和朱老师同乘一辆车。我和一旁的国才兄聊得起劲,朱老师睡着了。他实在太累了,昨晚十一点到,又与大伙聊教育至凌晨两点,早八点准时出现在餐厅。打盹醒来,朱老师说,晚上飞过去没问题了。他将飞往另一个城市,去点燃新教育的火种。一年一度的新教育年会,朱老师总会到场。一个早上,我们在饭店吃了早餐到会场,看到朱老师在会场里,叼着一袋牛奶,啃着一个干饼,边吃边同与会者打招呼,边指导布置未就的会场。我一直遗憾没把这个场景拍下来，文字的力量在某种时刻确实抵不过视觉的冲击。朱老师没有节假日，他的节假日全交给了忙碌的教育奔波。这份对教育的挚爱，这份将生命交给教育的大爱，这份以出世之心做入世之事的博大的教育情怀，每一个与朱老师接触的人，都会强烈地感受到并被传染上。朱老师就是这样一个传播教育理想、传染教育幸福的人。

和朱老师见面并不多；似乎也只在新教育年会时。朱老师在苏州时，或许还有些个其他机会；现在朱老师调到北京，这样的机会也就成无望的奢望。几次想随朱老师学习，朱老师总爽朗地答应，说，有什么问题找我帮忙。至今未成行。贾平凹先生说他不会说话，于是把话交给文字。我不敢这样说，贾先生有贾先生的底气。我是个木讷的人，与朱老师交谈，却觉得很自在，没有行政上的层级感，也没有学术上的低微感。这，大概就是奶奶生前所说的遇到贵人的感觉吧。

自由的代价

2008-12-30

过了年,香香再也没回过城,香香彻底呆在了乡下。

几次打电话给母亲,别忘了给香香饭吃,它还小,才两个月,饿不起。

香香有了院子,有了林子,有了乐子。它练跑,追小鸡,小鸡急得眼都红了,毛都跑飞了。它磨牙,追小鸭,小鸭跑不动,它冲上去按住,咬。母亲气恼,这个香香,要锁起来。

香香被锁起来了。生存有生存的规则,再喜欢你,也不能没规矩,再怎么调皮,也不能把自个儿的欢快建立在它个儿的痛苦上。这话香香听不懂,只能以惩戒的方式告知它。

香香纵不起来,香香跑不起来,香香窝在角落里没精打采。每次回乡下,香香见了我,蹦着扑向我;见了妻,蹦着扑向妻。刚扑起来,链子收起长臂,说,你给我回来。我们看着心软。妻把它放了,它死跟着妻;我把它放了,它死跟着我。不要它跟,不要它围着转,不行,赶不开。香香要把软禁时积聚的力气释放出来,它凌空跃起,很用力,蹦得老高、老高。见我们不理它,一溜烟跑得飞快,一眨眼没了影;一眨眼又到你跟前,又凌空跃起,很用力,缩着爪儿,蹦到你胸前。我小跑,甩它,脚刚停下,它已冲到前头,又一个急刹车,回头不解地瞧我。我挪动脚,去父亲那爿小店,香香已闪出去,香香嗅得出我的行踪。

母亲不在家，在地头。母亲粘着泥巴、扛着锄头走过来，见香香又追着小鸡满树林跑，老远亲切地唠叨，准是儿子媳妇干的好事。

我也好几回亲眼见到香香追小鸡时的疯狂，仿佛猎狗见了猎物。没办法，得锁起来。每次回城，亲手将香香锁起来。我让妻锁，妻让我锁，彼此推诿。狠心锁它，香香不逃，也不闹，随你锁，像温顺的羊，主人的锋利的刀刺入它胸膛，还那么温顺，温顺得让人心碎。

香香越发想我们了。它晓得，我们一到，自由到了，幸福时光也到了。

门前一条水泥路，路两旁的香樟郁郁葱葱。车一驶入，香香忘情地跳起来，忘了链子抠着它的脖子。它认得车呢。香香脖子里的毛被链子勒掉了，我们跟母亲商量，不要锁着香香吧；它再咬，你就打，打几次，它就明白了。

母亲真听了我们的话。母亲也真狠揍了香香。不挨打，它不明事，几次下来，香香懂了，小鸡小鸭不是它的玩偶，咬不得。

香香彻底自由了。

香香找到朋友了。一个小黑，黑得精神，黑得精瘦。一个小黄，黄得不亮，却也殷勤。白天一起玩，不够；晚上，小哥俩也来找香香，墙门口转悠，不进来，单要香香出去。

香香长大了。

香香身上没一丁点赘肉。

香香跑得比翔哥还要快。

一日，母亲说，香香大了，要用链子锁起来。我们忙问为啥，母亲说，偷狗贼猖獗，香香没头没脑，会被偷狗贼药死。去年对面那条大黄狗被偷狗贼盯上了，你父亲正好撞见，大喊一声，狗幸免于难，你父亲却挨了那偷狗贼怒气冲冲的一踹，疼了几天。

生命诚可贵，爱情价更高。若为自由故，两者皆可抛。

香香没有读过诗，我读过。我实在不愿香香再过囚禁生涯，实在不愿再看它哀怜的眼。我对母亲说，偷狗贼要到冬天活动，到冬天再锁起来，也不迟。

10月,香香做妈妈了。生了五只小狗仔,一白、一黑、两棕、一黑白。女儿很生气,冲着香香恨,你怎么也不跟我商量商量,也不听听我这个小主人的意见。

香香很聪明。母亲说,它自己选窝,选在屋檐下,晒得着阳光、淋不着雨。

果然,窝上有丛硬柴,硬柴上有软柴火耷拉下来,好个天然草帘儿;底下,一个稻草扎的柴窟,窟里有碎干草,秋阳照过来,看起来很暖和。五只小狗仔皮毛光亮,一看就是营养充足。香香一进窝,小狗仔们闻到妈妈的味道,瞎着眼,嗯嗯嗯地爬过来。抱一只小狗仔在手里,肉鼓鼓的,小爪儿像熊掌,说不出的喜欢。

过了十来天,母亲打电话来说,香香没了,小狗仔一天没吃了。

天渐渐冷了,快入冬了,偷狗贼又出动了。我们沉浸在香香的幸福里,哪料乐极生悲。

香香的儿女成了孤儿。

香香的儿女要喂奶呢。

连夜赶过去,接来了香香的儿女。一家人坐地板上,给狗仔喂奶。狗仔吱吱呜呜、吱吱呜呜地找不到妈妈;狗仔吱吱呜呜、吱吱呜呜地相互偎依着取暖。小心地喂狗仔喝奶,狗仔身上钻出几只跳蚤,细瞧,五只小狗仔身上全有,还不少。洗澡,它们才出生几天,天冷,怕受不了;喷药水,它们那么小,那么嫩,怕赔了它们性命。

只得送回乡下去。

心里闷。为香香儿女的命运闷,为发觉对香香、对狗仔的情感脆弱闷。

一日,去看小狗仔。小狗仔的皮毛不亮、不光洁了,黯淡、邋遢。父亲拿出奶瓶喂小狗。小黑狗开眼了,直起后腿,左前爪搭在奶嘴边,右前爪一弹、一弹;右前爪搭在奶嘴边,左前爪一弹、一弹,好似找到了妈妈的奶,有点陶醉,有点幸福,叫人心疼。

冬天来了,香香走了,香香终于没有走过冬天。

父亲说,总要让小狗仔活几个下来。

我信。

来年春天,会有几只狗仔活跃在林子里,活跃在院子里,活跃在我们愧疚的视线里……

夏　天

2009-07-06

　　说句大实话，我喜欢夏天。您要问我为什么，再说句大实话，我干的是教书活，一入夏，伸长脖子能望着暑假的影儿。教师这行当，有多苦，有多累，只要你看学生，保你能猜出个十之八九。学生还能眨巴着眼，巴望高考后有出头的日子，我们这苦、这累，一辈子绕不开。仅剩的那点巴望全在这里，巴望夏天，巴望暑假，巴望给身体放假，巴望给心情放假，巴望养好精气神，再战。不是自我标榜，咱上班，每天都忙得想把两只脚提起来帮忙，帮什么，批作业，写教案，写反思，写材料，搞比赛。您说什么，没几节课？是没几节课，一天两节课，能忙得你找不着喝水的杯！两节课，两小时不到，你以为你是神仙，课前得备课，得动脑筋，得一笔一画写下来，不能马虎，不能潦草，都要检查！那得花上一小时多，您看不见。学生作业做到老晚，今早咱得批，一个小时也不一定能批完，几十个人，一人一分钟，都得一个小时。学生订正，三三两两来，你三三两两批，得讲解，得辅导，一来二去，没大半个小时，没门。回家作业没打发干净，当天的课堂作业又来了，批上大半个小时，扔回去一摞订正，课间上个厕所，学生也能堵你在门口。教学后记还没写，有规定，一周一篇不少于N字。两周一次的教学随笔还没写呢，来不及了，先在心里琢磨着点吧。学生来了，你得好好说话，教育是服务，人民教师不能亏待人民的孩子。晕乎乎地想起来，作文还没批呢。快下班了，一查作业本，几个"老病号"，还"病"着，一溜烟去教室盯作业。还没说完呢，教研课，你得去听，你得去评，你得写资料，轮到你教研，整你一周没商量。每个学期有继续教育，不完成学时不能评上一级的职称。继续教育，你就接受教育吧，工作得你自己扛着，昨天你学习去了，对不起，今天你得批两份作业，上两天的课。

不是咱不爱看书，真挤不出时间。焦头烂额的，看什么看呢。看书要有心情。列宁到足球场训练闹中取静地读书，我学不来。一杯茶，一支烟，一缕阳光，一本书，一点安静，这不是什么大要求，在单位没法做到。家里，孩子也上学，得管着，作业做完了，琴可以弹了，日记写了吗，英语背了吗。家务总得象征性地做点，一天到晚老婆干，一年又一年，愧疚得心脏都病了。煮了饭，做了菜，吃了洗，转眼新闻联播了，国家大事、国际要闻，瞧上一眼吧。天色暗了，黑了，大脑说要放松，来两支烟吧，老婆喊洗澡了。睡觉，明天还得干革命呢。暑假真好。不像寒假，忙着办年货，忙着看老人，忙着请客、被请客，二十来天的假，一晃眼就过去，愣没得到休息，人依然蔫呼呼的。暑假不烦事，暑假是清清爽爽的暑假。谁不喜欢这样的生活呢？早上，泡一大壶茶，放点菊花、金银花、三杯香。吃过早饭，天热，菜，傍晚凉快了再买。拖拖地，抹抹桌，老婆孩子一起上，用不上多会儿的时间。忘跟您说了，老婆和咱干一样的革命。什么时候都能笃悠悠喝口茶，什么时候都能要点音乐，晃呀晃，晃上一天。不怕热，不怕出汗，自小从泥堆里灰堆里混过来的人，掉在地上的糖捡起来就往嘴里塞的人，还怕出点臭汗？夏天就是省心，连穿都省心，一条短裤，一件背心；洗也省心，单单薄薄，没什么脏，泡一下，甩几下，好了。洗个碗什么的，省事。不像冬天，都怕伸出手来；用热水洗，放老长一段冷水，热的才慢腾腾出来，多浪费，咱国家，水资源紧缺哪。

下午睡个觉，真正的午觉，你想睡到什么时候就睡到什么时候，天天睡到自然醒。一台风扇，一杯凉茶，一卷神交已久的书，多自在，比梭罗的《瓦尔登湖》还有滋味，还美气。夏天不只用来养身子，夏天也用来养饭。黑子吃着口味老好的饭食，又看看主人吃的素食，过意不去，就到主人身边转。主人骂它，怎么还不知足，还想吃。黑子委屈地舔主人的手。黑子不记得自己的爹娘是什么样儿的。黑子眼里，主人是它的恩人，也是它的爹娘。黑子一天见不到主人就憋得慌。黑子老远就能闻到主人的气息，狂奔到转弯的路口，看到主人在路的那头慢悠悠地回来，黑子欢喜得举起爪子挠颈脖儿。主人看见黑子，伸出手招呼它，黑子撒着娇，就地一滚，四脚朝天，一阵轻柔乱抓，又滚一个身，随主人身后走，又不甘心走在主人身后，又不好意思走到前头，贴着主人的右脚跟儿走。一次，主人三天没回家，黑子沿路去找主人，它四处嗅，田野里依稀有着主人的气味。大马路上，各种跑得比马还快的东西喷出的难闻气味，搅乱了主人的气味。一只自以为跑得飞快的黄猫儿，要穿过大路去，会那只一闪而过的黑猫，一眨眼的功夫，倒在了血泊之中。黑子耷拉着脑袋回家去了。叫黑子奇怪的是，那几天的食物没有少，只是不怎么按时。它侦察了一阵，发现是邻居干的。邻居对黑子说，这是你主人托我的。

　　黑子鼻儿尖，闻得出村梢人家烟囱里冒出的肉骨头的味儿，闻得出那户人家是什么时候把肉端出锅的。这个时候，它小跑到那家里，也不直接钻到桌底下，友好地绕着那桌儿走一圈儿，没心没肺地一屁股坐在凳与凳的空里，支起前腿，一门心思地听众人谈天说地。过不多久，人们便把话题落到它身上，话题一落到它身上，它知道那些肉骨头离它不远了。它弄不明白，骨头那么好吃，人却暴殄天珍。只是近来，主人再三告诫它，要提防那些拿着肉引诱它们的外乡人。它有点不以为然，以为主人小题大做。直到邻村的那条阿黄来找它玩，它们玩得疯了，玩得肚子都饿扁了，就在这个时候，一块红烧肉从天而降。阿黄抢在它前面吞下了那块又香又甜的红烧肉。黑子正羡慕着，却听得黄狗一阵惨叫，原来，它嘴里有一根线，这根线连在两个坐在跑得飞快的怪东西的人的手里，那人狠命地拉着线，肉已到了阿黄的肚子里了呀，肉里藏着铁钩哪，阿黄疼得死去活来，晕过去了。阿黄被拖走了。

　　黑子越来越满足自己的小日子了。起先，它不是这样的。它羡慕那些被贵妇人抱着的美丽小长卷毛，也羡慕那些威风凛凛、慓悍强壮的狼一样的犬。现在，它不这么看了。一次，它随主人去菜场，那是它第一次离开家门，到十里外的菜场。菜场里的东西真多，它看到了痛恨的蛇，也看到了水里的鱼，它还看到鸡和鸭。它同它们打招呼，它们毫无反应，它们好像散了魂与魄。它看到了狗，关在笼子里的狗，它冲着笼子里的它汪汪大叫，笼子里的它低鸣了声。它又听人在说："这条狗壮，老头，你开个价，卖给我！"主人笑着说："不卖不卖，这是我的命呢。"黑子铁了心跟主人一辈子。黑子知道了，世上狗也有三六九等，有命，有运，强求不来。黑子老是发愣，几次，主人喊叫着它，催它快点。黑子想出神了。黑子想，自己幸好是狗，幸好有一个疼爱自己的主人，隔壁的那几只大黄鸡的主人，也把那几只鸡儿视为珍宝，今儿，把它们五花大绑地拉到菜场上卖了。

　　黑子走在主人前面，像踩在沙发上有弹性地、雀跃着小跑。它闻着野草的味道，泥土的味道，渠里冬水的味道。它有点眼花，也有点懵懂，以至于主人喝令它停住的时候，才如梦初醒般地收住了脚。收住脚也收住了心，它朝主人望去，主人鞠着身子在田里拔鸡毛菜，它看不清主人的表情，沿着田埂绕到主人面前，跃到主人的额前，昵昵地蹭了几下，它发现，主人的额头多了几道刀刻的皱纹，主人的头发已然花白。主人抚摸着黑子的头，带着耐人寻味的感慨。拔好菜，黑子跟在主人身后，黑子老是踩主人的脚根儿，黑子觉得主人走得慢了，以往，主人的脚步不是这样细碎的。道上有条沟，黑子轻轻一跃，纵了过去，走了一段，黑子发现丢了主人的脚步声，回头一看，主人正从旁边的小埂上绕过来。黑子有点难过，它踅了回去，去咬主人的裤管儿，它想拉主人一把。主人抽出根卷烟，打着火，吸了一口，鼻孔里飘出两道袅袅的香味，说："黑子，今年是狗年，咱回家过年去。"

2010－2017 年

慈 姑

2011-04-28

谁都没有想到,姑母就这么走了。

姑母自己也没有想到,她会没有和身边的人说上一句话,就一个人走了。母亲整理姑母的遗物,说,姑母连老衣都没有准备好。

农村老妇,不忌讳死,早早买了老衣,走了,少给小辈添乱。

那天,姐夫打电话来,说姑母在抢救。人在南京的我一头雾水,姑母不算健壮,却也没什么大病,只有一种慢性病,怎么说出来抢救呢?

我让妻联系一个朋友,医院的朋友。不巧,那朋友关机,怎么也联系不上,心里惦记着。妻来电,姑母走了。

赶回家,妻等着我,一同回乡下。妻说,快过年了,姑母掸灰尘,掸了,又去对岸,看人家娶亲;回来洗几件衣服,觉得头疼,120 救护车来,来不及了。

到姑父家,姑母已经"睡"了,"睡"在客厅的门板上。那么小,那么小的姑母。

姑母人小,50 岁上,背驼了。家里有什么事,要人帮忙,姑母总是第一人选。姑母总是不声不响,笑眯眯的。我们家盖了三次房,娶了两房媳妇,生了两个孙女,大伯家盖了三次房,娶了两房媳妇,生孙子孙女,姑母总是早早地来,晚晚地走。

姑母来,轻轻唤我一声,建刚。姑母走,轻轻唤我一声,建刚,走了。

父亲有三个姐姐，大姑母，我出生前去世了。三姑母，从小送了人，离我们不远，感情上，总没有二姑母亲。二姑母那里，我有一种亲近、自在，一种管家人的贴心、贴肺。

医院的朋友问我，你姑母叫什么名字。我蒙了，姑母姑母叫了几十年，我都忘了姑母的名字。我只知道她是我的姑母，一个小小的、瘦瘦的女人，一个说话轻声轻语，从没见她发脾气的女人。

我爱吃姑母做的茨菰。姑母说，那你来吃呀；姑父也说，那你们来呀。我不知道它的学名叫什么，我们那边都叫茨菰，姑母的茨菰炒肉丝，母亲也做不出那味道。

"茨菰"，"慈姑"，我的姑母啊。

我自责，没有为姑母的生命，尽一点力。表哥说，120救护车来，姑母的心脏已经停止跳动，到医院，人，其实早走了。

我看见姑母了，眉毛淡淡的，很慈的淡眉。姑母淡淡地笑着，嘴唇轻微地翕着，看着了我，仿佛要说一声：建刚，你来了。

我看见父亲了，父亲蜷缩着坐在角落，头发很乱，身上没有一点暖的样子。回头看看遗像里的姑母，那是我父亲的亲姐姐。父亲一定想起了他的姐姐，他的亲姐姐，曾经怎样带着他走路，带着他吃饭。老实巴交的父亲冲着自己的亲姐姐，憋出了一句话：人啊，怎么就这么空呢。

送姑母走，来的亲朋开了20桌，还不够。

所有的人都说，姑母人好，脾气好，从没见她发脾气，谁家有红白大事，都请她帮忙。母亲说，给姑母换老衣，姑母的身体很软。

姑父不肯吃饭，姑父不肯睡觉，姑父无力地看着我，说：怎么就这么走了呢。

姑父一次次地到姑母面前哭，什么话也没有，只是哭，一个男人的呜咽在北风里回旋。姑父倔着要随我们去送姑母，送姑母最后一段尘世的路，我们不许。姑父只是哭，看着姑母哭。所有的人的哭，加起来，再加起来，都抵不上姑父的那一声哭。

姑父被强搀着回他的小屋，姑父的发一下子白了，姑父的腰一下子塌了，佝偻了。

　　回头，姑母站在相框里，向我轻轻地笑，轻轻地说：建刚，你来了。姑母的眉毛很淡，和父亲的眉毛、伯父的眉毛一个样，妻说，你们的眉毛，都一个样。

　　姑母，我们是一家人哪。

父 亲

2012-5-17

父亲是个窝囊的男人。

年轻时父亲是村上宣传队拉二胡的，拉得还不错，也把母亲拉到了身边。宣传队解散，人家都谋个村里的差，是大是小，不管，有个村差，熬上五年十年，总能多年媳妇熬成婆。父亲空着身子从宣传队回来，父亲大概不知道有些事要活动活动。

一家人一年吃十来斤油，却还得从牙缝里缩出三几斤来，春节前到街上卖去。家里粮食也不够，又买不起米，只好买米厂里选汰下来的半米粒儿，每年我们都要吃很多的半米粒儿。那个时候，吃肉是难，但弄点鱼呀虾呀蟮呀蟹呀，并不难，河里有的是。父亲实在窝囊，竟然对渔捞这玩意儿一窍不通，每次去等小伙伴上学，看他们吃鱼虾，羡慕得心里酸溜溜的。父亲终于下决心弄了个甩网儿，我乐颠颠地跟在父亲后头，想拎鱼，腿都走软了，手里只有两条猫鱼儿。

村分队，队分组，村有村长，队有队长，组有组长，父亲连个组长都挨不上。一些又老又矮的男人都成了组长了，父亲还不是。队上杀了老母猪、老病牛的，一村男人聚着吃，地儿选组长或队长家，那个热闹啊，过年似的，多希望能在我家过这么一回啊，那么多大人，各家小孩也都来了，夜晚，星星，月亮，灯火，在自家门前玩事儿，我做梦也想，父亲实在窝囊，组长也与他无缘。

承包责任田了，我们家制瓦坯。这个活儿，大人小孩全能干，我就跟着受苦。那个时候，我最讨厌礼拜，一到礼拜，就得跟着父母制瓦坯，我盼望着不要放假。在学校里，我的功课也算不错，也有点儿小势力，回想起来，我那么盼着身边有一群伙伴围着，尽可能地使自己有优势，或许是我潜意识里不想父亲那般窝囊地过。礼拜，多么美好的童年，伙伴们疯天狂地，我只好红着耳朵听几声。

父亲是有点窝囊。我好像从来没有怕过父亲，我只怕母亲，落在我身上雨点一样的棍棒，都是母亲的，父亲，似乎窝囊得连打儿子的权利都给剥夺了。我的感觉里，家里的事是母亲做主的，至少，我想的一些事，要个两三分钱什么的，只要母亲点头，就没问题了。但是，如果父亲点头了，母亲一旁听见了，横出一句来，事情就糟了，糟得一点挽救的余地也没有。那个时候，我就在心底里发了一个不小的誓言，长大了，一定不像父亲这般怕老婆。

村上办起了丝织厂，让父亲去学技术，回来当厂里的机修工。父亲答应了。学技术要到镇上去，父亲的师傅是个比他小几岁的年轻人，他管人家叫师傅，还把师傅请到家里吃蹄子。父亲学技术的时候，正值农忙时节，家里到镇上很远，那是农村连自行车也没有的时代啊。父亲只好住在镇上。那十来亩的田地就落在了母亲的肩上。一个很晚很黑的夜，母亲深一脚浅一脚地挣扎在田里收稻。四周，再没有别的人和物，只有我和母亲。看着母亲一个人挑稻，我也拿起了扁担，那一年，我十三岁。父亲回村里了。没几个月，丝织厂关门了，父亲学到的皮毛还没来得及熟一下，就告老还乡了。

父亲下决心买了条水泥船，和母亲两个人在水上漂。就从那个时候起，我们见面的机会越来越少。再后来，我到县里求学，见面的机会就更少了。八十年代末，父亲盘算着造楼房。一个冬天的傍晚，晚霞好好的，母亲突然出现在我学校。母亲见了我就哭，父亲病倒了，在县人民医院里。父亲的病是船上冻出来的。出院后，父母还在水上漂。九十年代了，父亲重提造楼房的事，砖砖瓦瓦、楼楼板板都准备得差不多了，我病倒了，这一病，病了整整一年，背地里，医生很同情地对母亲说，你有几个儿子，你要做好思想准备啊。

　　我也总算大难不死。楼房也总算造了起来，尽管借了点债，慢慢还就是了。债将还清的那一年，父亲心血来潮，和人一起办竹器厂，说产品有人包销。东拼西凑，投入了十来万块钱，厂子办起来了，那边的老板派了个亲戚来当技术指导。还没指导出一个产品，老板的儿子出车祸，死了，技术指导回去了，杳无音信，老板呢，将心比心，哪还有心思来管你的产品？合伙的几个人，你看看我，我看看你，愁眉苦脸，弄不出一个产品来，只好吵架。终于有一天，大家坐下来说，合并给一个人吧。大家都同意，摸签，谁摸到，并给谁。父亲一定是穷疯了，满心满眼想着中奖的事，这个烂摊子，一摸，让他给摸上了。

　　从此，一家人背上了十万元的债，十万元啊。

　　父亲是个农民，哪懂什么经营？我把所有的业余时间全部投注到厂上了。每个礼拜，我不是在外面跑销售，就是在外地进原料；阿弟不是出去送货，就是呆在家里闷头闷脑地干。一家人昏天黑地干了三年，十万元的债清了，大家也不想干了。厂子停了，几万元的机器却早淘汰了——那个老板本来给的就是被淘汰的机器。卖不出去，只好当废铁卖了几千块钱。

　　紧接着，两个儿子都要结婚了。俩儿子结婚，正赶上要楼房、要彩电、要冰箱、要摩托的时候，父亲一下子又背上了好几万元的债。

　　父亲瘦了，父亲老了，父亲的脸上挤不出一点肉来了，父亲的牙开始往下掉了。

　　父亲和母亲商量了半天，决定重操旧业，去制瓦坯。瓦坯场上，父亲像一条干瘦的老牛，在夕阳里眨巴着凹陷的双眼，父亲的眼睛也和泥土一样浑黄起来了。日子一年年地过，一家人总感觉在村上低人一截。制了一段时间瓦坯，不行哪，这不是个赚钱的活儿，债得还到猴年马月啊。看人家养鹅，赚不少的钱，看人家养鱼，赚不少的钱，父亲也去包塘，养虾，天知道，父亲一承包，整个养虾的跟着倒霉，价格就是疲软得不像个男人。父亲不干了，转给人家养，虾价又好得有鬼似的。

两个儿子还算有良心，一起还清了债。冷在风里、穷在债里的十年生涯过去了，父亲下牙床的牙却也掉光了。父亲想清闲一点，在公路边开了爿小店。小店没什么生意，正好，队上要个队长，都啥年代了，谁还要当这个狗屁队长，父亲当了。一天我回家，母亲告诉我，父亲因队长的差事被村上的人打了，打他的是比他更好的一个男人。母亲说，你看你父亲，竟不晓得还手，打得鼻青脸肿的。

　　到老了，父亲还是这么个窝囊的男人。

　　就是这么个窝囊的父亲，我们一大家子只好相依相偎，免得被别人欺。就是这么个窝囊的父亲，我只好写一篇又一篇的文章，出一本又一本的书。

　　就是这么个窝囊的男人，他是我最为牵挂的老父亲。

四毛娘舅

2013-2-28

一早，母亲说要去四毛娘舅那里。昨晚，四毛娘舅和舅妈打架了，年里，出这事儿。

爷生了八个儿子，活了三个，一个女儿也没有。母亲认爷为爹。四毛最小，家里穷。一家人老实，乘不了东风，上不了天，爷没能力给四毛娘舅娶媳妇，四毛娘舅做倒插门女婿。生了个女儿，长到十岁出头，有模有样，却给淹死了，四毛娘舅那哀戚，至今叫人心酸。

四毛娘舅不乖巧，认起死理来，八头牛也拉不回。真不懂，他做生意的机灵劲儿，哪里来的。一次，他来小区卖西瓜，吆喝：自家种的瓜，包甜。有人问，真自家种的？四毛娘舅指着我说，你问他，自家种三亩多呢。我只好点头。贩完西瓜，贩甘蔗，贩完甘蔗，贩荸荠，走街串巷，买来卖去，机灵着呢，偏偏，家里机灵不起来。

四毛娘舅怕是放不下男人最后那点尊严。一个男人，做上门女婿，心头总有不得已的痛。和丈人、丈母娘呆一处，总觉得不自在，不尊严，每日里，活得总隔着一层皮似的，挠不得，一挠，出事儿。四毛娘舅忍不住，去挠，你要挠，挠个彻底，四毛娘舅挠了个平手。这最不好。真定了输赢，决斗出个总统，日子也安稳了，该听谁的，听谁去。偏偏，打平手，谁也不服谁，日子磕磕碰碰里过，20年过去，还磕磕碰碰，大小战事不断。母亲离四毛娘舅家近，母亲得到消息也早，母亲总急吼吼赶去救火。

　　四毛娘舅终究软了一步，赚了钱，上交；打麻将，只要舅妈一个电话来，准停。为这事，村人没少羞他，羞多了，也就不觉得羞，就当别人的笑话吧。四毛娘舅日渐活出他的滋味来。

　　四毛娘舅做起了工头。村里村外，时常有体力活，挖粪坑，搭小屋，浇水泥路，修石驳岸，都找四毛娘舅。四毛娘舅将活儿揽下来，再找五六十岁的庄稼汉，一起干。父亲一有空，跟着四毛娘舅干，一天能挣大几十块，运气好时，能挣上百块，父亲乐得皱纹都老了。

　　活干完，四毛娘舅和大家一起分一份工钱，不拿接头费，只是接头、结账的烟，公出。谁不乐意呢。

　　四毛娘舅的活越干越大，手下有35个庄稼汉。我回乡下，父亲说，新驳好的石岸，垮了，四毛娘舅说要给人家重修。我问怎么垮的。父亲说，石岸用楼板修，不是石头；驳好后，那人家用挖泥机，从河里夹泥，往石岸空档里倒，哪能不垮？父亲说，那人家不懂，不能这么干，泥，分几次填，又是泥、又是水，一股脑儿上，楼板修的，哪条岸能受得住？

　　我对四毛娘舅说，你要同大家商量一下，不能擅作主张，大家对你有意见。四毛娘舅不听，退了四分之一的钱给那人家。母亲说，大家意见很大。

　　年二十九，四毛娘舅来串门。四毛娘舅买了个新手机，手机下载了歌，边走边把唱，很惬意的样。他说，明年不能这么干了，只要七八个人。我说，你得把我父亲算进去。

　　我说，35个庄稼汉，你要能管住，你真成能人啦。真能管好10个男人，也能发个不错的小财。

　　四毛娘舅，为人不错，不吝啬，花钱，手脚不小。冲这点，我喜欢。吝啬，要对自己，那叫节约；吝啬，对别人，那就太没意思，太不像个男人了。

　　送女儿去外婆家。回到家，母亲从四毛娘舅那儿回来。导火线，很小。生活里的战事，很多导火线，都很小很小。新年里，四毛娘舅买了中华抽，舅妈说，你又不是老板，抽这烟。四毛娘舅说，我就新年里买一包。舅妈说，你买一包？怎么老是满满的一包，新开封的一包？

吵起来，说到年前，四毛娘舅发工资的事。四毛娘舅结到了账，一家家，给庄稼汉送工资。大过年的，大家都盼着钱，好事。好事出了问题。有几位提出，他记的人工和四毛娘舅记的，有出入。四毛娘舅记得少，他记得多。一项工程，挣5000元，几个人一起做了50天，每人每天得一百元。按四毛娘舅记的，加起来50个人工，那人记的人工，比四毛娘舅的多，总人工数多了，那么，每个人每天的工钱，就少了。这事儿，得让干活的人，聚到一起，总人工数到底多少，总额除以人工，算出每人每天工钱，再发钱。

四毛娘舅不，他看人家记的比他多一天，就多付100块，两天，就贴了200块。一趟走下来，贴了不少肉里钱。四毛娘舅小学没毕业的人，小队长也没干过的人，干这事，难为他。

舅妈说他花钱大手大脚，这几年没见他往家里拿钱。丈母娘一旁帮衬女儿，你要听老婆的话，老婆的话不听，你听谁的？烟不要抽了，戒了；麻将不要打了，戒了。钱，给老婆保管。

母亲有点听不过去，说，一个男人，抽点烟，也不过，只是不要太高档。麻将，风气这样，四毛又不玩大的，也不要紧。

母亲说，四毛娘舅单独和她一起，眼泪吧嗒吧嗒地往下掉，说家里存的钱，哪是一个女人家能挣下的，就没我的份？一个四十大几的男人，随手拿了块脏手巾，抹眼泪。

母亲到爷那里走了一趟，将四毛的事说了。爷都80了，老实人，能咋的。爷和婆决定走一趟，看看四毛娘舅。母亲说，你们装着没事，别说什么，你们又不是能说会道的。

老实巴交的婆，半日里，冲母亲，憋出一句话：有儿子，再穷，也不能去做倒插门女婿啊。

晚上去接女儿，边开车，边听广播，广播里年味很足，主持人侃菜名，男主持人说，有一道菜叫"波黑战争"，你道是什么？——菠菜炒黑木耳。

女主持人说，有一道菜叫"绝代双骄"，你道是什么？——红辣椒炒青辣椒。

嘉宾主持人说，有一道菜叫"悄悄话"，你道是什么？——猪耳朵炒猪舌头。

我笑得苦味都出来了。

物流与人流

2013-12-02

　　超市里那么多花花绿绿的食品，衣服店里那么多漂漂亮亮的服饰，酒店里那么多口味各异的佳肴，街上跑着那么多牌子的汽车，两边有那么多高楼大厦，小区里还有那么多令人心动的别墅，铺天盖地的广告向你的眼睛砸来，向你的大脑砸来，搅乱你的心情，搅乱你的心态，让你委屈，让你抱怨。到处是商品，遍地是黄金，掠过你身旁的风也步履匆匆，她说她要去做个面膜，再烫个发；她很不满意风过树梢的田园生活。她要留在都市，她要汽车，要别墅，要美容，要高贵的衣服，要无限的回头率，不管是为她本身还是本身之外的装饰。本身之外和本身之内有什么区别呢？你的车就是你，你的房就是你，你的服饰就是你。真实的你已经不复存在，你的物代表了你，也代替了你。清淡的风在物流里妩媚起来，性感起来。她不再问风的心，她疏远了云朵，疏远了树梢和露珠，她飞不起来、飘不起来了，她脖上戴的，腕上挂的，脚上穿的，使她的自重加大，更要命的是，她和她的车粘在一起。她忘了没有车的时候，她飞得那么轻盈，比车更洒脱，更飘逸。

　　人在街上抱着心事与目的走着。你留意看街上的人，他们的脸如城市的路面一样绷着。巨大的涌流在内心不断翻腾，你看不到。伪装成不在意或者无所谓，是人学会生存的一门必修课。孩子有说有笑有表情地走着说着笑着，他们用清澈的眼好奇地打量这个纷杂而躁动的世界。有一天，他们也会绷紧着脸走在街上，没有谁能从他的表情里猜度出内在的渴求，他们说这叫成熟。巨大的物流涌向人流，人流被裹挟其间失去思考的余地。走啊走，不停地走啊走，疲惫了，走不动了，倒下了，心里惦念的不是那两根灯芯，而是那两张存单或那两股攀援的股票。这个灯火辉煌、灯红酒绿的时刻，空气中充斥着撩人的香，轰鸣的喇叭里爱得死去活来的歌从白昼唱到深夜，你的耳朵失去安静，你的鼻子失去安静，你在巨大的物流里失去了个体的自由；你混迹于人流里，你不再是你。家的概念已被窄化。家是一堆钢筋水泥，家是油漆过的地板和插着电源的电器。家就是电视，网络，股票，作业，家教，分数。缺失心灵的潮湿与温暖的家只是堆砌。缺失心灵回望的人生只是狼一样的奔突。狼不知道自己奔跑的方向与目标，它为奔跑而奔跑，它为生存而生存。

忙碌的身子住的房子日渐宽敞与舒适，心灵住的身子日渐尘埃四起。家的宽敞和舒适，与心的舒坦和宽敞无关。舒坦不在外在，而在内在。那么宽敞的房子你只需要一个睡的地方，那么多的食品你只要填饱肚皮，那么多的车你只要能够用有力的双腿行走，那么多的衣服你只要能够温暖而干净地站立，那么多的东西是我们所用不着的，那么多的来来往往与我们无关。我们可以活得安静些，坦然些，清澈些，像小溪，像泥土，像天空，像云朵。我们都是小人物。没有几个人会在意你发型变了，没有谁会对你说：你袜子穿反了。此刻你从地球上消失，一切不会有啥改变，一切都好好的，除了你的亲人。他们伤心，痛苦，他们在黄昏里捧着你的相片泪流满面。好好爱你的亲人和家人，这是人活着必要的最有意义的事。任何借口都不能改变这个事实。一切都可以放下，你所担心的职位与职称，只不过在你衣服上添一个美气的别针；当有人将这枚漂亮的别针看成你时，悲哀与沉沦或许就此开始。不能放下爱和温暖，爱和温暖在哪里？闭上眼，将身体和巨大的吞噬你的物流与人流切开，不要昏沉，不要散乱，你的父亲母亲，你的爱人和孩子，和他们说会儿话，吃顿饭，散个步，看那些发黄的旧照片。

我忽然明白了什么叫童年，什么叫悠闲，什么叫自我本真的生活。年轮不可逆转，我回不到童年。心里装了太多不该装的东西，就像一间杂芜的屋，堆满了太多无用的什物，妨碍美观，妨碍走路，妨碍眼睛，妨碍心情。我不知道怎么扔掉心的杂物，不知道将它扔到哪里，不知道哪些是真该扔的，哪些是该一生守的。我背着一大堆看似有用的东西忙碌、盲目地行走于无法回头的旅程。我坐下，那堆东西在我肩上，我睡下，那堆东西压在我心上，从梦中跑出来，扯你，捶你，咬你。佛对我说，看透，放下，自在，随缘。谁能借我一双慧眼看透纷繁呢？人有第三只眼睛。二郎神后，人关闭了那只能看向自我内在的第三只眼。失去了这只眼，神沦落为人，人沦落为类人。

六小时香港

2015-01-12

应香港弘立书院邀请，11月24日晚到香港，25日课毕，匆忙赶回。除睡觉、讲课，留港不过6小时。

打的

出地铁，想打的。人多，队长。陆老师带我们出门，三五步，有临时的士停靠站。停靠站，不足一米的人行道。没几分钟，这里也排起了长队。

前面还有五人。起初，的士来得勤，走了三人，车不怎么来，吃饭的点了。陆老师急，出队张望，又前后走动。总算盼来的士，陆老师挥手。车停下，陆老师并不上。前面的小伙子，心安理得上了车。

我们继续排队。

无烟房

陆老师、王老师带我去住宿。王老师说，房间小，怕只有卫生间大。到旅馆，手续妥帖。那先生问我抽不抽烟。我好奇他有此一问。先生说，旅馆全是无烟房，有抽烟习惯，要交押金。

房间的确不大，七八平。牙膏、沐浴露、洗头膏，纯英文。牙膏跟牙刷放一起，认识。沐浴露、洗头膏放一起，形状一样，没图像，拍照发女儿，帮忙翻译。牙膏出奇地好使。我们美其名曰的"饭店""宾馆"，那里的牙膏，差远了。

旅馆很小，很干净。

记起来了，离开柜台，我正要去房间。那先生叮嘱我：房里的饮料免费的，您可以享受。

上班

昨晚，陆老师、王老师送我到旅馆，已九点多。她俩说，明早6:50来，陪我坐校车，前往学校。

6:50，果然，两位已到了。去公交站，候校车。上了车，全是老师，各国的都有。单校长也在车上。陆老师告诉我，几乎所有老师都坐校车，少有开车；香港的公交发达，私家车太贵。车贵？陆老师说，停车费贵，一月好几干。

到学校，7点多。我心怀歉意，两位起早了。王老师笑了，没有啊，每天都这么早的，你没看见一车子的教师嘛。

那你们几点出发？王老师说，绝大多数6点多出发，坐车四五十分钟，7点多到校，学校有早餐。"不过，下班很早，4:30可以走人了。"王老师开心地说。

我没有告诉王老师，4:10分，我们就可以走人了。

图书馆

弘立书院有片小广场。小广场后，只有图书馆。上学，学生第一眼看到图书馆；放学，学生末一眼看到图书馆。图书馆的玻璃窗上，贴着学生的绘图，向过往学生荐书。图书馆很大，书架不是一条一条的，松散的，开放的，宽大的，一点也不逼仄。

倒是老师的办公室，颇为逼仄。弘立书院，一半多外籍教师，他们戏称学校是小联合国。却不想，小联合国的老师的办公桌，也彩钢板隔着，只是比我们的小了三分之一左右。

合同

讲课前，单校长带我去签合同。什么合同。单校长说，讲课的合同。

到办公室，单校长拿出一份7页的合同。合同的每一页，单校长都签了字。我看后，若无疑义，也要在每一页上签字。末一页，还有个总签名。合同，很保护讲课者的知识产权、文化产权。

全国各地几乎跑遍了，讲课签合同，头一遭。

单校长说，英国人留下了的习惯，签的合同，也有英文版的。

上课

弘立书院，一个班20名学生，老师周课26节。不包括值班、护导，也不包括每周必须的一小时集体备课。

单校长问周课时。我说，语数英老师一般13节。她们不可思议地看着我。我忙解释：班级容量大，是你们的两倍多；一节语文课，背后有一节的学生辅导、两节的批改作业。她们这才收回了惊诧。

没有想到，弘立书院要推门听课。

弘立书院考试不排名，单校长说，要了解教师的教学水平及下一年是否续签合同，除了推门听课，也听老师的汇报课，每年，老师要向分管校长做一小时的专业汇报，评等级。

我笑答，这等级，搁我身上，不敢打啊。

女老师

小学部的中文老师来听课，清一色女老师。内地小学的语文老师，多是女老师，香港居然也是。大家听了，都笑了。

课间，我问陆老师，弘立书院的老师流动性大不大。陆老师说，中文老师的流动性小；英文老师的流动性大。我们讲求安定，外国人教书，当免费旅游，香港教了两年，玩遍了，去台湾；台湾教了两年，玩腻了，去上海。

单校长问我，有没有去别的地方的打算。我说没有。单校长追问，我说，我们的教育环境，很好。

单校长又问，工作中最大的困难是什么。

超越自我。我答。

不一样的香港

2015-10-20

应香港弘立书院的邀请,去香港听课、评课、讲课一周,对香港多了一点认识。

弘立书院的教室跟我们的很不一样。一个年级四个班,好比一个家有四个房间,每一个房间的门都对着客厅。每个房间都是一个教室,客厅就是公共区域,称之为"班区"。弘立书院的一、二、三年级的教室,都这样分布的。不同班级的学生,有了这一块共同的"班区",相互熟悉起来。每个班都在"班区"展示学生的作品,读者也就从原来的本班学生,扩展到了本年级学生。

弘立书院的教师办公室,很大。小学部的老师都在同一个办公室里。办公室里有家一样的卫生间,有简易的厨房间,冰箱、微波炉都有,冰箱里的牛奶免费的,隔板上的茶、咖啡也是免费的。我很留意,办公室吵不吵。办公室不是静静的,也有讨论的声音,却不是茶馆式的叽叽喳喳。东面有老师在谈话,其他的老师就不会高声谈论;西面的老师在谈论,其他的老师也不会高声说话。安静的时候安静,有声音的时候,也只有一个区域,不会此起彼伏,吵吵闹闹。

我住的酒店附近,有公交站点,所有的巴士,大巴、小巴、校巴、其他巴,都会在站台停靠。很密集,一分钟就有好几辆。我所在的点,没有下车的,都是上车。来了一拨人,一会儿全走了。这才明白,为什么寸土寸金的香港，没有我想象中的拥挤，如此发达的公交系统，人都在车上，而不是在地上。香港丘陵地貌，不适合自行车，公路上也没有自行车道。100个人，一辆双层的巴士可以干干净净地载走。100辆自行车、电瓶车在路上走，那就是一支极为壮观的队伍。

陆老师的女儿，就在她的学校里读书。很奇怪，每次都她一个人走，女儿呢？陆老师说，女儿乘坐学生专用的校车，不能跟她同一辆车。我笑道，这规定好奇葩啊，要是在内地，老师们会说校长不近人情，刻薄的还会说，校长自己的孩子大了，才有这么没人性的规定。起初，陆老师和另一中文老师，带了孩子一起乘坐老师的校车，不久就有外国老师提出异议，教师的子女怎么能乘坐教师的校车呢？外国老师还说，教师子女在车上，万一谈到了不适合孩子听的话题，那又如何是好？没多久，校董会宣布，教师子女不能跟随教师坐车。

学校里有很多部电梯，每一幢楼里都有好几部电梯，每一部电梯旁，都有提示牌，上写：在取得批准及在老师的陪同下，学生可搭乘升降机。所谓"取得批准"，是指校医室开具的证明，说明学生有特殊需要。所开具的证明，必须挂在胸口。学生搭乘电梯，只要看胸口有没有牌子。没有的话，哪个老师见了，都要上去制止。我很好奇，老师可以，学生不可以，这不是不平等吗？陆老师说，学生那么多，都用电梯拥挤，会抢夺，会出事；老师从办公室到五楼、六楼，会来不及，要电梯。

香港的学校，是没有课间休息的，一节连着一节，还要走班。孩子从一个教室到另一个教室，时间上赶不及了，他搭乘了一次电梯，学校拿他怎么办？陆老师说，按规则处理，你知道下一节课要去哪里上课，应该早预算好时间；没有预算好，你自己负责，而不能让电梯给你负责。我马上想到，我们的学校安装了电梯，不允许学生使用，会出现什么情况，家长投诉，老师搞特权。老师再三说，不能搭乘，学生还是会偷偷地搭乘。老师发现了，给予批评。学生回家哭诉，家长听了，很不满意，孩子不就是乘坐电梯，有必要批评吗？我们的学生都在食堂吃饭，教师也在食堂吃饭。教师的菜跟学生的菜略有不同，口感略好，学生的菜，上千人；教师的菜，人少，做出来的菜口感略好。学生就喊，这不公平。

　　近些年，我们一直在喊平等，喊公平，这很重要。然而，平等不等于没有规则，不等于没有尊重。到底怎样的平等，才是真正的公平，才是真正的民主，我在香港有点明白了。

　　我原以为，弘立书院安排了陆老师接待我，却不想，除了中餐，学校给了我餐券，可以凭券吃饭，其他的，都要付钱，都是陆老师帮我付了。香港的AA制是常态。醒过来，我很不好意思，连忙发信息给陆老师，明天晚上是我在香港的最后一个晚上，我做东，请陆老师和王老师赏光。陆老师、王老师没有推辞，我们一起去铜锣湾吃饭。回来的路上，要坐公交车，陆老师帮我刷卡，4.7港币，我拿出零钱给陆老师，陆老师很自然地接受了。

　　初来香港，我查看了天气，香港的气温应该像夏天，我准备了大短裤去的。哪知，香港的空调都很低，据说是因为潮湿。我感冒了，这个老师给我送水果片，补充维生素，那个老师送来点心，搞得人心里暖暖的。

美国故事

2016-07-23

17岁的"小兔子",去年到美国加州读高一,回国第二天,来我家做客。

"小兔子"的成绩不错,除了历史,其他都是A。"小兔子"的老爸有点不满,历史就差一分,不然全A了。"小兔子"也郁闷,说,早知道就送老师20美元了。

我很好奇,20美元可以买1分吗?

学生可以送老师礼物、礼券、现金,只要不超过20美元。"小兔子"说。

今天送了明天还可以送?

"小兔子"认真地点头。可以,只要一次不超过20美元。礼券、现金,大都夹作业、试卷里,同学也不避讳,法律允许的呀。星巴克咖啡券最受欢迎,老师的咖啡几乎都是喝学生的。

我问"小兔子",中国学生和美国学生送的东西,有什么不一样。

中国学生送券、送钱的多,美国的学生送礼物、送吃的多。午餐都是自己带的,美国的学生多带一点吃的,请老师随便拿、随便吃,老师都很自然地说,好。"小兔子"的话匣子打开了。有个老师收了中国学生的礼物,随手放桌上,结果有人看出来,那礼物超过了20美元,就有专门的人来评估,还真超过了20美元。那老师只好赶在学校炒他鱿鱼前,辞职了。

送或者不送，真有区别吗？

"小兔子"瞟了我一眼，都是人嘛，当然不一样啦。

我这才明白，"小兔子"的郁闷的由来。

科学老师最吃香，送科学老师礼券的人最多。科学课最难，请教的人最多。老乡向"小兔子"炫耀他一叠的礼卡，那是要送老师的。老乡隔三差五地送科学老师，关系近了，就能帮老师整理实验器材什么的，就能有额外学分，就这么着，老乡居然从 C 跃到了 A。

看来，拿人家手短，到哪个国家都差不离。

开饭了。妻从厨房里出来，我戏言，教师节你可以收礼物的，只要不超过 20 美元。

妻嗔怪，那是人家美国，国情不一样。

也是。在美国什么都要给小费，说不定那 20 美元也算给老师的小费。

吃饭，要给服务员小费；服务生给你开车门，要给小费；旅游，要给导游小费；住宿，出门前，要在桌上留服务小费。"小兔子"如数家珍，只要勤快一点，服务生的收入一点也不少。问过曼哈顿的一个服务生，一个月的小费有 8000 美元。

我惊讶得有点伤了自尊。据我有限的了解，美国老师的收入，每个月也就 5000 到 8000 美元。

"小兔子"倒一点也不惊讶，说，就是啊，在美国，干什么都差不多的，除非你自己当老板。所以，读不读名牌大学，大家很无所谓的，很多人不想离开家乡，就想在附近读个大学。

高中的老师固定在一个属于自己的教室。一下课，学生冲到要上课的老师的教室里。那个班级就是那个老师的，因此，老师的班级都很有个性，语文老师的教室就很有语文的味道，数学老师的教室就很有数学的味道。

"小兔子"们没有班级的概念，只有年级，年级长负责全年级。有问题，全年级的学生都可以去咨询年级长。

美国老师爱拿全世界说事，历史课爱拿中国来说事。说中国开放得晚，还有"文化大革命"。美国老师说，郑和下西洋，明朝不烧船、不禁海，中国就完全不一样了，说得"小兔子"义愤填膺。

我们劝她，老拿中国说事，说明中国在美国人心中有地位，不然，根本不会想起你。

中国学生比较多，历史老师也不敢太放肆了。到底是 17 岁的大孩子，说着说着"小兔子"又开心了。班上只有一个韩国学生，历史老师转而攻击韩国，说韩国要是没有美国的支援，根本不可能有今天。韩国学生的脸瞬间就黑了。

"小兔子"的课程表，时间很怪异，一节课有可能从 9:23 开始，10:38 结束。课间不是按 5 或 10 分钟来的。课间 6 分钟，也有 7 分钟，每个学校都不一样。中午吃饭加休息，32 分钟。

我想到了一个严重的问题：什么时候做作业？什么时候订正作业呢？

"小兔子"说，作业都是回家做的，订正作业也是回家订正的。

订正的作业，老师还要批，不会的还要辅导呀？

订正的作业老师不批的。"小兔子"咯咯地笑。老师也不讲解作业什么的，正确答案网页上公布了完事儿，你爱订正就订正，不订正也可以，老师不检查的。

那后进生就不辅导了？

美国没有后进生。"小兔子"一本正经地说。反正人人都可以读大学，反正服务生的收入也不比老师、公务员低，大家只是做不同的工作而已。

晚饭结束了，我问大家，一年不见，"小兔子"有什么变化？

大家不说话，等着我说。

"小兔子"柔和了、生动了。

我眼中的马来西亚

2015-12-26

应马来西亚儿童文学协会邀请去讲课。吉隆坡机场到关丹，4 小时的车程，没有我想象中的枯乏。蓝天白云，椰树棕榈，对刚从雾霾里钻出来的人来说，算得上美妙。

马来西亚原住民信伊斯兰教，华人信佛教。中国的寺庙自成一天地，马来西亚的寺庙是开放的。讲课所在地彭亨佛教会，参会老师晚上住礼堂，打地铺，200 人睡一起。饭菜由义工做。义工有大人，也有小孩，马来西亚正放寒假，尽管每天都在 35 摄氏度左右。

《穆斯林的葬礼》里的韩新月，出生伊斯兰教家庭，楚雁潮不是，相爱不能相守。小说是真的。马来西亚的华人姑娘少有嫁伊斯兰小伙。嫁了穆斯林，必须信伊斯兰，穿戴要头巾、罩袍，孩子天生成了小穆斯林。华人姑娘家里信佛教，有可能一辈子不能回娘家。穆斯林的电影院男女要分开坐；商场里的手推车，分穆斯林和非穆斯林；穆斯林喝的矿泉水，吃的肉，都必须有清真寺的认可标志。一到"斋月"，马来西亚学校食堂不开饭了。华人孩子带了食物去吃，要求不能让马来西亚孩子看到，只好躲到厕所边。

晚上接风。一桌人吃完所有的菜，碟子底朝天。中国餐厅常剩菜满桌。黄师母谈起中国之旅，见一碟子里剩两块豆腐干，吃了。主人以为师母爱吃，又上了一盆。每次请客，我和妻子都会为点菜有小分歧。我的意思，少点一些，不够，再添；妻子的意思，吃着吃着没菜了，多没面子，请客要有诚意，平时不浪费就可以了。黄博士和门生光宏同一天生日。那天，三个菜都留了一点。光宏吃得慢，消灭了最少的那个菜。汤不好带，几个人又把吃剩的汤喝了。汤碗里，剩下一块豆腐干，黄博士慢悠悠夹起来吃了。另一个，打包。我没带洗漱用品，师母叫三儿子去买。大学生阿田，给我夹菜，聊华文的教育，师母给老公夹菜，其他孩子互聊。吃到一半，二儿子拿手机拍照，师兄们调侃他"手机族"，他不好意思了。

上世纪80年代中期，马来西亚已普及了汽车，那时的中国农村，自行车还很稀罕。如今，中国也车满为患，30年来中国的发展速度，令人吃惊。马来西亚的人均收入，比中国高五分之一，物价比中国低。光宏小夫妻都是小学老师，工作三年，每人一台汽车，又贷款购买了180平方米的双层小楼。

高速路上，少有摄像头；城区的十字路口也少有。政府也想装，人民不答应，理由是，到处装电子眼，开车太累了。开车也有违章，也有罚单。罚单跟验车绑一起。马来西亚10年才验一次车。10年前的罚单，10年后再交，也太漫长了。为了让车主及早交罚款，警察署会搞打折活动，羡慕嫉妒恨啊。

培训上午8点开始，晚上11点结束。备课、讨论，大家席地而坐，气氛很热烈。半夜，我在一阵歌声、笑声中醒来，那是刚下课的老师们。参会老师很想学好华文，传承华文，让下一代不成为"香蕉人"——不会说中国话的中国人。大家都读过我的书，不只作文教学的，《不做教书匠》《一线教师》《一线表扬学》《教师成长的秘密》《管建刚和他的阅读教学革命》。"管建刚作文教学系列"，不少老师全套7本都有，请我签名，实在来不及。晚上，阿田和伙伴抱了几百本来，11点多才签完。马上要回国了，礼堂里响起了依恋的掌声。我们合影，合影了一次又一次，下一个讨论课程开始了，才渐渐散去。

赶到吉隆坡机场，安检不用拿出充电宝，也不用拿出电脑，也没有看我的水杯。想到马航，有点小慌。中国的机场，饮水机很多。吉隆坡，怎么也找不着。问工作人员，他不会华文，我不会英文，比划来比划去。那一刻，我忍不住想，哪天全世界都用中文，多好啊。

一对傻人儿

2016-06-06

妻拿出一把零钱，数了半天："哎呀，肉钱我没有付。"

没付，不可能吧？生意人，精明着呢，没付钱，你怎么走人？妻又数了数，不放心："你帮我一起算，我数来数去，多了18元的肉钱。"

妻一样一样报给我听："虾，12元，蔬菜嘛，算它13元，鱼，8元，一只鸡，30元，还有这些肉，18元。出门我带了一百元，没有这么多找钱的呀。"

仔细算了一遍，一致认为，那肉钱，的确没付。"你看我，匆匆忙忙的，钱都没付，下次见了，多不好意思。下次去菜场，一定要补上。"

"不用那么心慌，店主可能早忘了；即使没忘，也记不得哪个顾客没付，下次补上就是了。"看妻心急，我劝道。

那天下班，妻一脸欢笑："我把钱还给店主了，你猜店主怎么说？"

我用目光探寻详情。

"店主笑着说：哈哈，现在还有你这样的好人哪。"妻一边说，一边笑。

"18块钱，给你带来那么美好的欢乐，你一定长寿。"我跟妻打趣。

"我就是要长寿。"妻正色道，"我长寿了，才能把你和女儿照顾好。"

"你看看我的相，是不是善的那种。"

妻端详了一会儿，说："挺善，你看你，眉毛都快没了。"

"路上，我又遇到人，挨过来跟我说，出来打工，找不到工作，一整天没吃饭了，能不能给碗饭钱……"

"你又给了？"

"给了，一对小年轻。"

"年轻人你干吗给？年轻人有力气，自己挣钱去。"

"别这么说，人生地不熟，有力气也没地方使啊。"

"你呀，反正没骗够。"妻说，"我听人说，那已经成为一种新的乞讨手法了。"

"新手法就新手法吧，花几个小钱，买一个安心，人家总算有顿饭吃了。你那肉钱，不也是这么回事？"我反击。

妻看了看我，我也看了看妻，两人大笑起来。

哈哈，一对傻人儿。

三话香港

2017-03-01

香港弘立书院邀我寒假里，去跟他们的中文老师谈谈各年级的备课。前两次我谈了作文教学，大家印象不错。复活节期间，几位中文老师还来我们学校跟岗。去年暑假，又有几位中文老师参加我和朋友主讲的作文培训。阅读备课不是我的强项。我几次推脱。陆老师终于向单校长汇报了。不久，陆老师转达了单校长的意思，你的真诚我们很喜欢，我们请定你了。没办法，只好恶补。

每次去，陆老师、王老师接我，一日三餐也陪着。三年下来成了老朋友。王老师是台湾人，寒暑假回台湾，房子空着。前年寒假，妻子和女儿去香港呆了一个星期，就住王老师的房子。前两次我来去匆匆，这次陆老师、王老师说，寒假不急，我们帮你规划，看一下香港。

晚上去看"幻彩咏香江"。去的那晚解说正好用中文。王老师非要请我们吃哈根达斯冰淇淋。陆老师不大吃冰的，我也是。王老师给我们每人要了两大球，还真是美味。美味中等"幻彩咏香江"，美味吃完了，"幻彩咏香江"也结束了。不知是不是味觉有了享受后视觉就迟钝了，真没什么好看的。也不是不好看。夜晚的香江本身已经美轮美奂了，多几束灯光连锦上添花也算不上。看的人不少。名声在外后，名往往不能符实。

王老师要我去看陆老师的家，说你看过了才知道什么是地道的港居。那楼叫钻石楼，每个"钻石"伸出来的触角就是一户人家，这样每一户都有一定的采光。香港的房子很小，陆老师的房子实用面积不过四十来平方米，王老师说已经很好了，七八百万港币呢。钻石楼有一个P层。P大概是某英文单词的首字母。P层不是在二层就是在三层，有各种活动中心，健身的，打球的，跑步的，露天的大阳台有凳子，有桌子，有花草，香港四季如春，没什么事，坐一下午也蛮好的。P层有公共客厅。住户的面积小，来了客人也没法坐，可以到这里来。P层有不少小区管理人员，管理人员不能从P层的电梯直接去上面，必须先往下，到了底层再往上，据说是为了管理人员不随便闯到住户的楼层。

看了陆老师的房子，王老师说我们去地下。我以为到地下停车库，又一想不对啊，王老师和陆老师都没有私家车，香港有私家车的都是老板，不是车有多贵，而是停不起车，小区的停车费，一个月都要好几千，外出的停车费更贵；也不会搭计程车，计程车不是随便什么地方都能有、都能上的，违规停车、上客马上有投诉。况且我们已经说好了坐一坐香港的地铁。陆老师笑了，香港人的说话习惯跟内地不太一样，"地下"的意思就是"地面"。到了地面，我笑道："我们都到地下啦。"陆老师、王老师也都笑了起来。看到宣传语"扮紧靓靓"，问两位老师，她们也说不明白。查了电脑，连蒙带猜，总算有了个大概。

恰是下班高峰时段，我算见识了人口密集度最高的城市之一的地铁盛况。黑压压一片人头，地铁过道上排了无数列队伍。等了五六趟，才上了地铁。所幸车次频繁，两三分钟就有一趟。

乘地铁去中环的香港金融中心。我问香港有内环、外环吗。王老师说没有没有，香港的中环和内地的中环是两个概念。香港，与中环对应的是上环。香港到处是山，上面的就是上环。下面也不叫下环。搞不懂的香港话。

到中环，王老师兴致勃勃带我去看汽车，她说香港司机功夫了得，车和车的距离很窄，却开得非常流畅。我随王老师从天桥上往下看，车辆行云流水，穿梭个不停，我明白了"车流"的意思。看了一阵，我忽然发现路上没有行人。王老师笑道，所有的行人都在天桥上啊。果然，身边的行人络绎不绝，四通八达的天桥连接了一个又一个商圈。天桥有一二十米宽，路边也有为数不多的报亭样的小铺。桥上有屋顶，上上下下装饰得很漂亮，与其说走在"天桥"上，不如说走在桥上的"屋子"里。王老师告诉我，所有的商场都从二楼开始，地下层也就是地面层是用来停巴士的，地面层全部是用来交通的。"怪不得车这么流畅。"我恍然。二层上有休息平台，有花草，有树木，有喷泉，感觉像走在地面。我忽然想起，曾看到一个广告，广东那边某小区地面层全是交通，不知有没有受香港的影响。

　　离开香港，王老师跟我说，寒暑假来香港提前跟她说，她把房钥匙留陆老师那里，还住她的房。王老师五十左右，这一辈人对大陆的感情跟现在的台湾青年，真的很不一样。

初　心

2017-3-19

　　朋友说查下天气。看了半天手机没吱声,我忍不住问,朋友回过神来,刚才看朋友圈了。打开手机,有一个未读微信,自然点了进去,没读的还不止一条,信息读完了,显示有两个朋友发了新内容,朋友不由地点了。朋友圈是个大海,一进去你就没影儿了;朋友圈是个万花筒,一进去你就眼花了。这里转转,那里瞧瞧,最初拿起手机干什么来着,忘了。

　　我也有过,还不止一次、两次。拿手机要查个东西,见一串新闻,有两条还挺感兴趣的。新闻看完了,旁边的"文化"和"数码"也看一下吧,一点,好几条都没看过呢。一头扎进去了,扑腾的响儿也没有呢,猛然地,心里头一激灵,好像要干什么事的,什么事呢,想不起来了,只知道有个事儿没做呢。手机那玩意,太神奇了,互联网全在那小身子里,不,世界和生活全在里头了。朋友笑侃,当年手机只能发个短信、打个电话,也挺好。

　　没有手机,也会杀出一个又一个的"程咬金"来。去什么店买什么的,走着走着,那边出事儿了,也不知什么事儿,围了一圈人。甲说什么什么的,乙说什么什么的。听了半天的八卦,才走自己的路。走出一小段,那边有车队,场面豪华,清一色宝马,一辆一辆地数,十八台呢。好久没看街面了,有几家熟悉的店没了,那个炒花生的挺好吃,上次买过吗,要不去瞧瞧……走着,看着,想着,忽然明白过来,要去哪里来着,要去买点什么来着。

　　一下午，走着走着，最初的那事儿不知去哪儿了。一整年，走着走着，最初的那事儿不知去哪儿了。整十年，走着走着，最初的那事儿也不知去哪儿了。一辈子，走着走着，最初的那事儿也不知去哪儿了。十年前，你想干点儿事的。干了不到三个月，A说炒个股吧。你跟着进了股市。股市起起伏伏的，心思跟着K线图上蹿下跳了两年。想起正事儿来了，一辈子不能老在股池里狗爬式呀，出来吧。出来了半年，气色也好了，劲头儿也来了，C说，赶紧地，中国大妈炒黄金呢。一看报道，犹豫了一阵下手，一下手，黄金不涨了，气死人。F说，还是炒房，房子在，不心慌。炒房是个资本活儿，七七八八都进去了，整天看任大炮侃房价。房子还真赚了点儿，数完钱看镜子的人，呀，八九十来年就这么过去了，行了行了，做点儿自己的事吧，F说，咱哥们干点别的，淘宝，微商，准成。

　　最初的那点事儿还在心里呢，每次都是刚迈出一两步，就走到其他路上去了。就像拿起手机，想查一个资料，结果腾讯新闻勾引你去了，朋友圈勾引你去了，"点一下就送红包"勾引你去了。李艾米跟十来个部门经理约定，每天下班前写下第二天要完成的六件要事，第二天从第一件做起，完成一件划去一件。当天没完成的，列第二天去。三个月后，公司总裁给李艾米寄了30万元的咨询费。总裁说，值。

　　纸片上记录了要完成的事儿，纸片每天提醒你不忘工作的初心。你是来工作的，你是来做事的，你有那么多的事呢。它提醒你不要拿着手机看八卦，它提醒你不要煲电话。你想计划一下，朋友发了个好笑的视频；你想反思一下，同事有一搭没一搭来说几句；你想精益求精，办公室里闹了个笑话呢。八小时里，仔细想来，很多时间都丢了初心。一辈子下来，仔细想来，绝大多数的时间我们都丢了初心。现在你还记得，那叫偶尔想起。

　　一路走过去，看点太多，杂事太多，国际笑话太多，个人烦恼太多，所有的所有都会蹦出来，没有一点定力，守不住你的初心呢。佛说"戒、定、慧"。"定"的前面有个"戒"。不劝你戒肉、戒色，然而人总要带点"戒"味，这个事儿我不去碰，那个事儿我不去看，有了"戒"心，人心"定"多了。一心定，初心冒出来了。"定"的后面有个"慧"字，人一"定"，"慧"也来了，成事儿的几率就大了。

你说，是不是这个理儿？

一 味

2017-04-05

每天傍晚，妻总问明天吃什么菜。我说随便。随便的次数多了，妻有点生气了，你们男人怎么那么随便。妻说，每次去菜场都不知道买什么，看起来菜很多，挑这选那的，买回来做了，又觉得不好吃，烦。

前年阿爸大病，我发愿吃三年的素。阿爸还是走了。朋友们劝我不要吃素了，我凄然，说，苍天负我，我不负苍天。女儿在北京上大学，妈怎么也不肯离开村子，家里就我和妻。起初，妻炒两个菜，一荤一素，有时肉有时鱼的。中午妻在食堂吃过荤腥了，晚上象征性地吃一点。我不吃，那鱼一顿吃不了，那肉吃了几天，也好像还那么多。渐渐地，妻提不起做荤腥的劲儿了，改为，一顿炒两个蔬菜。两个蔬菜吃不了啊，妻又说什么蔬菜不能隔夜，有什么致什么病的，如此一来我们决定，每顿做一个蔬菜，吃光，正好。

有一段时间，我的饭碗光了，妻的饭碗光了，那一个蔬菜盆子也光了，我们拍了个照，发给女儿。女儿发来贺信，你俩响应习总书记的号召，奖励你们明天继续。我们乐呵呵地继续着，那一个蔬菜，每天都吃得有滋有味的，盘子见底，连菜汤都喝掉了，妻笑，别人还以为我的手艺越来越好了。

我中午也在食堂吃，食堂的菜每个人都一样的，一个大荤腥，一个小炒，一个蔬菜。我吃那个蔬菜，今天吃菠菜，明天吃白菜，后天吃青菜，大后天吃花菜；大后天吃菠菜，后天吃白菜，明天吃青菜，今天吃花菜。有一天，我突然发觉了一个惊人的秘密，我按捺不住心中的喜悦，乐滋滋地跟妻说，老婆老婆，我们食堂的菜越来越好吃了。妻说你们换大厨了？没有。给大厨加奖金了？好像也没有。给大厨的菜评分了？没有。其他人也说越来越好吃了？好像也没有，剩菜剩饭还挺多的。那怎么可能好起来呢？哎，这么一来，我也纳闷了。以前吃荤腥的时候，也觉得那蔬菜不怎么好吃，现在光吃一个蔬菜，怎么觉着越来越好吃了呢？按理，没有荤腥的调味，应该越来越难吃啊。

我发了一阵呆，想了想，说，只有一个菜，吃的时候不分心，我就品那菜的味道。不像以前，吃饭的时候总分神。嘴巴里嚼着一块鱼，心里想着下一筷要夹的那块鸡丁；嘴巴里嚼着那块鸡丁，筷子同时又在捣鼓那鱼骨头了，心思不全在菜上，也不全在舌尖的滋味上，以前吃菜，舌头是心不在焉的。川菜为什么风行全国，不用你注意的，一边打电话一边吃川菜，对方也能从电话里闻到你的麻辣味。川菜，瞬间雷倒你的味蕾。苏帮菜不是的，清淡的，闲适的，要静下心来品的。

妻说，好像还蛮有点道理的。

春天，你只有一双鞋，起床就穿，有两双鞋，轮流着穿，这双穿几天，那双穿几天。有太阳的时候，空的那双拿出去晒一晒。鞋柜里有12双春鞋，麻烦来了，今天穿哪双呢？红色的好呢，还是黑色的好呢？白色的搭呢，还是蓝色的搭呢？选青春一些的好呢，还是成熟一些的好呢？条件越来越好了，想拥有的东西和已经拥有的东西越来越多了，仔细想想，拥有的麻烦一直伴着拥有本身，跟你不离不弃。

我说，有一些东西是用来看的，而我们却都想要拥有。

妻笑道，我可没那么多的鞋子。

我说，那是那是，我们都是对自己吝啬的人。我只是想到了这些事儿。

世上的每一个工作都是好的，捡破烂的可以成为破烂大王，行乞的可以成为丐帮帮主。很多人厌烦自己的活儿，那是做着这个事儿，想着那个事儿，也有的时候，做着这个事儿，想着那个的那个事儿，八辈子跟你也走不到一块的事儿。心思散乱，青菜最深处的味道自然品不出来，工作的好滋味自然也做不出来。滋味往往在你不去选择或没有选择转身只专注一个的时候出来的。所有的干出点名堂的人，一生大都只干了一件事。往小说，就像一顿只吃一个菜，别人以为那叫枯燥，深入其中的人却说，一个菜的味道，真的是越来越好了。

妻不同意，一辈子没换过工作的人多了去了，怎么就没成名成家呀。

那是嘴上吃着一个蔬菜，心里老想着那吃不到的红烧肉、白煮鱼、烤羊排。我说。

你像个哲学家了。妻看我的眼神好像有了一点点的崇拜。

肇事者

2017-06-04

一

机场的安检有点儿忙。人已经过了一会儿，东西还没出来。双肩包出来了，电脑出来了；电脑放进双肩包，双肩包背肩上了，充电宝还没出来。

传送带走得很谨慎，送了一段又缩回去半段。飞机这玩意安全第一。

看了看机票上的登机口，就在前方，三五十米，充电宝出来了，嗯，到登机口定定心心地放包里。

双休日，不是在广东，就是在广西；不是在山东，就是在山西。奔波中尤其想安静的家。终于可以回家了，心头一阵轻松，手里一滑，充电宝跌落在地。

候机厅的地坪，很有弹性，踩上去很舒服。我上前捡，那充电宝徐徐冒出了烟。一瞬间想起了三星Note7，伸出的手缩了回来，跨出去的腿往后退。火，一下子蹿了出来，不大，一女乘客回头见了，受了惊吓，尖叫一声，往前跑去。

赤手空拳，我也不敢上去。火不大，团在充电宝四周。几个胆大的，站住了，掏出手机，一阵连拍。保安拎着灭火器来了，二氧化碳冲向小火团，小火团翻了个跟头，灭了。

有图有真相，想来，朋友圈都知道了，文字可能是这样的：机场着火，恐怖分子？

二

警察挥挥手，散了散了。

七七八八都散了，留下我一个人，孤零零的。没人找肇事者？我有点不敢相信，又不能不相信，傻站了一会儿，还是没人理我，我去登机口了。

刚坐稳，警察来了，说，谁叫你走的？就是你，我认得！

我跟着警察回肇事的地方。

警察问：机票呢？

警察问：身份证呢？

警察问：干什么的？

警察问：怎么着火的？

警察问：来这里干什么？

我老老实实，有问必答。

年轻的警察打量了我半天，看不出有什么问题，又有点不甘心，说，你怎么那么淡定啊？

你要我怎么着急？我可以装给你看。我笑道。

年轻的警察冲我友好地笑。

我只是劣质产品的受害者。我说。

几个警察说，你走吧。

三

回到登机口,没过三分钟,又来了几个人,叫我到出事的地方,看那块烧焦了的地坪。

他们问:你怎么可以走了呢?

他们问:你的机票和身份证呢?

他们问:你是干什么的?来这里干什么?

他们问:地面被你损坏了,你要赔钱。

这几位是机场后勤的,刚才的是机场安保的,不是同一个部门的。我哪知道一个机场有那么多的部门,不同的部门管不同的事,这个部门完了事不等于我的事儿完了。

我说,我的登机时间到了。

一个人跑过去,又跑过来,说,飞机晚点了,晚一个小时。

负责人说,我们坐下来谈吧。

机场,一碗面58元、68元、88元,机场地坪,多高大上啊。损坏的面积不大,20厘米见方,真要找个公司来做,几个人工,几台机器,那就要不少钱啊。

负责人说,你付1000元押金,多退少补。

负责人说,我们请了哪个公司,价格是多少,会跟你说清楚,会给你发票。

负责人说,你要有合适的公司,也可以推荐给我们,我们请他们来做。

这节奏,我有点蒙。我说,充电宝的残骸能不能还我,赔多的话,我也想找充电宝的厂。安保部门拿来了残骸,说,不能给你,要去检测。

我说,检查好了,能给我吗?

他们说,不能,你拍张照片不就可以了?

我说，拿一张照片找你，你信吗？

他们也笑了。

这个锅就只能我一个人背啰？我看了看机票，一张不值1000元的机票。我商量道，能不能便宜点。

多少？负责人问。

要不就500吧。

苏州人讲究杀半价。没想到，半价不只苏州人的专利了，对方答应了。

怀揣着机场的收据，看了看，"押金"写成了"压金"，当时居然没看出来，也真对不起自己的语文老师的工作啊。

四

那天课间，来了个陌生电话：管先生，我是机场的。

我才又想了那事儿。

机场那么大，本以为不会找小老百姓要钱了。却不料，还是找上门了。人穷志不能穷，我定了定神，淡淡地问，地坪怎么样了。

机场说，领导商量了，不用你赔了。

机场说，押金要还你，给一个银行卡号。

机场说，最好快一点，我们正在处理。

我道了声谢，说中午发卡号。

果然，钱，下午打回来了。

机场要我写张收条。我认认真真地写了"押金"，而不是"压金"。机场嘱我，签名后再按个手印。我认认真真地按了手印。机场嘱我，上次的"压金"收条，麻烦撕了。我认认真真地撕了。

我微信了老婆和女儿。老婆说，发红包发红包；女儿说，发红包发红包。

我认认真真地发了两个红包，发了两个笑脸。

垂 盆 草

2017-07-06

　　家里的垂盆草，按叶子分有三种，叶子中间有一条金边的，叶子两旁有两条金边的，叶子没有金边纯绿的。中间金边的最好看，抽出玉黄色的茎，茎上长出中间嫩金、两边嫩绿的叶，叶儿渐大，拉着茎儿往下垂，怎么看都舒服，也最难养。另两种，抽出的茎草绿色的，饱经风霜似的，尤其那没金边儿的，草绿色的叶、草绿色的茎，最是难看。上天总要给出某种公平，它最好活。搁外头，好好的；放家里，好好的；放家里又搬太阳底下，晒了几天又搬家里，总郁郁苍苍的，也不见个伤风、感冒的。那中间金边儿的，搁不阴不阳的地儿，好着呢，搬家里没几天，叶尖起焦了，赶紧搬外面去，也救不起来，眼睁睁剪去一圈焦叶儿。

　　垂盆草过不好冬。撑过了冬的，也耷拉得不像话。开春得狠心，一剪刀剃个光头。别不舍得，不然，养分全叫醒过来的老叶儿吃了。老叶儿吃得再好，也不可能返老还童。没有儿童的家没生趣，没有儿童的世界不可想象。老叶儿不走，新叶儿长不好。有几回，我舍不得剪垂下的藤蔓。那藤蔓倒是醒了过来，盆里的叶一直稀稀拉拉的，像中年男子的头发。一开春剃光头的，温度适宜了，三两周便有了一头全新的青丝，又几周，抽出了嫩嫩的茎儿。早上我去院子，看一周有一周的气象，看两周有两周的气象。剪，剪了一点事儿也没有，它有根，没有哪种植物的根，像它那样塞满了盆的角角落落。只要有根，就有了翻本的牌。没有根，一天到晚想枝繁叶茂的，最后的下场往往没什么好。

　　三四月，天气很暖和了，迎春花金灿灿的耀眼劲儿过了，月季也火过一季了，桃花粉过了，梨花也香过了，垂盆草还没什么长势。苏州的春天忽阴忽晴，忽冷忽热，太阳一出来，冷空调哗啦哗啦地转，一下雨，又急急忙忙找出夹衣来。苏州的春天不像口碑里的苏州，医院里，孩子们"阿嚏阿嚏"地打着吊滴。垂盆草看透了春。天暖，它不动声色；天冷，它不动声色。春折腾了一阵，磨了从冬带过来的冷绝，垂盆草呼啦呼啦长起来，一两个星期吧，一大盆新簇簇的叶；又一两个星期吧，茎儿东一根、西一根地抽出来了。院子的空地上，也扦插了不少，那长势更好。长过几周，要移盆里，不移盆里，垂盆草会太肥。数了数，院子里有22盆。看着没有盆来移的，隐隐有不舒服；移盆里了，你想搬到哪里就哪里，才算我的。人的占有欲很容易变态。看着没有盆移栽的、日渐肥起来的垂盆草，叫人难以接受，垂盆草不能肥，肥了的垂盆草比肥了的女人还伤眼。

　　垂盆草多了，今天去朋友家，带一盆；明天去亲戚家，拿一盆。临走，捎几个空盆回，地上有不少要移盆呢。垂盆草好养，留点根、沾点水就活了。有耐看的小瓶子带回来，茎上掰一支插瓶里，随便搁那儿都是个小景致。书桌上，可以；办公桌上，可以；餐桌上，可以；茶几上，也可以；厨房的面板，可以；橱柜的转角，也可以。地上的垂盆草太肥了，挖出一大棵来，洗洗干净，装大玻璃瓶里，嘿，肥也有肥的风韵了。

　　垂盆草喜半阴。连着阴屋里，叶儿就有点惨白。赶紧儿，晚上喝点露水。老妈是种庄稼的能手。老妈说，吃不到露水的庄稼结不出果、开不出花。今年春天，我留意那株月季。月季前有一棵桂花树，桂花树还没长开，月季花开了，花好大、好艳，早上不是我去夸它，就是妻在那儿夸它。月季开过，桂花树长开了，遮住了月季，月季喝不到露水了，那裹着的花苞一个个瘪下去了。月季往后退着长，又能喝到露水了，花又开了，它才心安地在风里晃。院里有一小块地，黄瓜，茄子，丝瓜，青菜，韭菜，老妈一季一季地种。爬上架的丝瓜，在底下洗衣服，毒日头也没招了。那么多垂盆草，也有点七七八八的花，屋里没那么多空地。花草是个摆设，多了就是累赘。老妈种下的丝瓜架，它们的好去处。

　　花草放外面总比放家里养得好。花花草草是种给自己看的，也是种给大家看的。有了众人的眼神儿，花草才算活出了一个春秋的神气来。雨水是个好东西，下雨天，赶紧地，搬出去。自来水和雨水长一个样，雨水就是雨水，自来水就是自来水，花们草们全认得。我们空有两只眼睛，反而不如花草们明白。

　　垂盆草俗称吊兰，你家里没有？找我。嘿嘿。

来自天堂的贺礼

2017-08-14

送女儿去北京上大学,爸妈也去了。北京是老辈们心中的圣地,爬了长城,看了故宫,烈日下排了两个多小时的队,参观了毛主席纪念堂,心满意足地要回苏州了,妈摸出了一个红包要我给女儿,说,是你外公的。

我的外公,两年前去世了。

外公有两个儿子、三个女儿。五个子女有了各自的子女,各自的子女也有了各自的子女,各自的子女的子女也有了各自的子女,四代同堂。

我的女儿出生那年,外公70岁。70岁的外公耳聪目明,脚勤手健。我妈、我爸五十不到,起早摸黑地挣钱。外公住八组,我们在九组。外公人还没到,"哇哈哈"的嗓门到了。女儿哭了,骑在外公的脖子上,沿着村子兜一圈。女儿要吃奶了,骑在外公的脖子上,一直骑到云云的村小里。

从小我喜欢去外公家。外公家离学校近,外公家的伙食比家里好。长大了我才知道,外公家比我们家只紧张、不宽裕。外婆跟了孤儿出身的外公。外婆的爹妈一气之下,断绝了关系。外公扯大了五个孩子,大舅结了婚,还有一老来子。小舅15岁学木匠,三年白干活。外公戒了烟。

立秋前后,外公买一整个猪头,一大家子吃饭,这似乎成了规矩。外公的红烧猪头肉实在好吃。我实在以为,猪头肉是天底下最好吃的美食。你要吃肥的,它有肥的;你要吃瘦的,它有瘦的;你要吃肥瘦相间的,它也有。更妙的是，猪头有很多的骨头，这里咬咬，那里嚼嚼，实在好滋味。外公70岁了，我们喜欢吃外公烧的红烧肉。外公烧的红烧肉比猪头肉更好吃。外公走后，我再也没有吃过那么好吃的红烧肉，这样说对我妈不公平。妈的红烧肉就是妈的红烧肉，外公的红烧肉就是外公的红烧肉。妈的红烧肉也好吃，可妈也烧不出外公的味道。

开春了，我们带了酒酿饼去看外公，那里面有一块猪油，绝对的好味道。中秋节，我们带了肉月饼去看外公。我们买了条上好的肉送去，外公下厨做红烧肉。外公看我们有滋有味地吃红烧肉，满眼里都是"哇哈哈"的笑。外公78岁，医生不让外公吃红烧肉。逢人，外公"哇哈哈"道，医生的话不能不听么。外公也有忍不住的，我们说稍微吃一点、稍微吃一点。说稍微，实是有点分量。外公很开心。隔一段日子，我们带上几个月的药，看外公。外公笑着接过药瓶，晃了晃，"哇哈哈"道，这条命保你长久。外公嗓门依然洪亮，依然没有进门，"哇哈哈"的嗓音早进了门。

外公管着村上的庙。那年的除夕冷，外公庙里守了几个小时。初一，又没吃药。乡下说法，初一吃药会一年吃到头，不吉利。那个春节，外公中风了。带了女儿去看外公，外公拄着拐杖，"哇哈哈"地送我们。外公85岁，右手怕寒，常戴着手套，别的，没什么不好。

一天，外公在路上逛，小伙子骑车撞了他。外公从地上起来，说，没事，你走吧。过不多久，外公起不了床了。

妈说，外公走前跟外婆说，我看不到童童读大学了，童童考上了大学，你要替我送份礼。

外婆没什么话，外婆的话都给"哇哈哈"的外公说完了。外婆不在田头干活，就在灶头烧饭。外婆搁上枕头，才停下来。外婆裹着头巾，系小围裙。外婆摸着我们带去的棉夹衣，笑着说，这个样子穿不出去、穿不出去的。外婆没生过什么病，也没听说有什么病，我们也没给外婆带过什么药。

外公、外婆走过了银婚，走过了金婚，步入了钻石婚。外公去世三个月，外婆说她右胸腹疼，一检查，不好。手术后，舅舅、姨妈们给外婆请了保姆，大家一口咬定，保姆钱便宜。外婆到底不相信，嫌保姆的饭做得不好吃，嫌保姆听不到她的话，嫌保姆干活不勤快，嫌保姆不让她这不让她那，外婆到底打发走了保姆。

外婆居然拿着农具下地了。

外婆弥留的那几天，满脑子都是地里的活，一会儿叮嘱我妈要割麦子了，一会儿叮嘱姨妈要下秧苗了，一会儿说今年的黄瓜长得好啊，一会儿说冬天一过麦垄要滚一滚……妈打来电话哽咽着，我们一脚油门踩回去。外婆已经说不出话来，我们握着外婆的手，姨妈凑到外婆的耳旁，建刚、云云来看你了。外婆费力地，微弱地，动了一下。

妈说，外婆晓得自己不长久了，有一天，就等她去，拿出了早备好的红包。

女儿送我们到大学门口，我拿出我的外公外婆、女儿的太公太婆的红包，轻轻又重重地，放到女儿的手上。

后记

阿庆于我

遇到兄长是我的福分。

我不会忘记1998年的春天,那个散发着花香草香的三月。

二月里,心血来潮的我写了则《三月》,塞进信封,贴了邮票,工整地写:吴江日报社阿庆先生收。"阿庆"两个字,很大,"先生"两个字,很小。

三月的一天,《三月》见报了!

趁着热乎劲,我写了《四月》,工整地写:吴江日报社阿庆先生收。"阿庆"两个字,很大,"先生"两个字,很小。

4月24日,300来字的《四月》刊出来了。我兴奋得要死,死要是可以这样的,我一定愿意。我从小怕作文。我当语文老师纯属意外。而就在4月24日的下午,我有了一个伟大的梦想:我要一个月一个月地往下写。

这个意思我好像跟兄长说了,又好像没说。

这已不重要。

重要的是,兄长从《三月》发到了《八月》。

我在写作的兴奋与幸福中,走过了半年。这半年里,我到了一个新的地方,一个新的家园。

9月20日,看不到《九月》,我等待,25日,看不到《九月》,我不安。28日,看不到《九月》,29日,看不到《九月》,我失落。

9月的每一天，我都很轻很快地扫一眼《吴江日报》副刊。

30日，明天就是10月了。《十月》已经写好，再没信心投出去，死了的《九月》，中断了我那"伟大"的梦想。

课间，同事不经意地说，小管，你的《九月》。

不亚于惊雷。我镇定地踱过去，拿起《吴江日报》，我的《九月》。

我忘了那天的天气。

记忆里，9月30日，铺满金色。

多年以后，兄长告诉我，那年三月，他编排当天的版面，空了一块豆腐干，只要三四百字，找得焦头烂额，找不到大小合适的，心灰意冷之际看到了我那篇三百来字的《三月》。

兄长说，没想你又写了《四月》，鼓励鼓励小年轻吧。

兄长说，《九月》实在挤不出版面，一拖再拖，拖到了30号。

兄长高高大大，一点不像水乡男人，像个山东大汉。温婉的文字跟兄长的身材对不上号。而我说，这就是了。兄长像山东大汉一样热情、坦率，又像江南男人一样细腻、委婉。

每次出了新书，我都去看兄长，兄长总拿出极大的热情来欣赏。

兄长又说，你不能忘了给我稿子。

我很愧疚，我的精力给教育吞噬了。我答应兄长，每月交一篇，持续了半年。只持续了半年。

兄长也不急。偶尔联系，兄长说，你要出个散文集，你写散文出身的。

一天，兄长打来电话，说，你明天要来我这里。

明天我要外出讲课。我说，改天好吗。

兄长说不行。兄长说你闯祸了，你的征文得了唯一的特等奖，你不来跟你没完。

我去了。

颁奖会那天，我说，一个从小一直怕语文的人，到现在每年出一本书，我不会忘记《吴江日报》，她是地方报，也是母亲报。我说，我信自己能走得再远一些，但无论能走到哪里，都不会忘记1998年的春天，1998年的《三月》。我说，"阿庆"这两个字，已经烙在我生命的字典里，谁都无法抠掉。

我不激动，一个人说说心里话，借着这样一个机会。

阿庆很激动，一个高高大大的男人，眼眶红红的。

家里有宗白华的书。不为读，只为藏。

千里马常有，而伯乐不常有。这话有多少哲理就有多少心酸。郭沫若的诗不被看好，发不了。22岁的《时事新报》的副刊编辑宗白华，看了郭的诗，一发不可收拾，几乎来者不拒。

没有宗白华不一定就没有郭沫若，但至少的至少，郭的影响力会推迟多年。推迟的仅仅是岁月吗？没有阿庆一定不会有今天的管建刚。我不会写文章。我不会写书。我不会成为特级教师。

我会死在起点上。

人是很容易死在起点上的。起点上的你弱得像只蚂蚁，谁都可以踩一脚，谁踩一脚你都得死。

兄长说，这是一只写作的蚂蚁，且将他放在格子里，让他自由地爬。

这辈子，我是离不开文字了，兄长。

我不以为人生是来享受的。人生是来打磨的。我不能不疲惫。行走累了，我靠在文字的背上，想念一些纯粹的阳光，纯粹的泥土，纯粹的草和叶。

兄长，当我在文字里泪流满面的时候，我该爱你，还是恨你？

作者

2017年夏天，吴越尚院